メスを握る大天使《ミカエル》

春原いずみ

white heart

講談社X文庫

目次

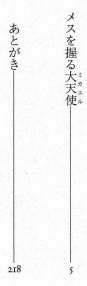

イラストレーション／藤河るり

メスを握る大天使《ミカエル》

僕には、秘密がある。
決して、誰にも言ってはならない……言えない秘密がある。
その秘密を抱いて、今日も僕は手術室に入る。
僕はいつまで耐えられるだろう。この秘密を抱えて生きることに。
「……執刀します」
それでも、僕はメスを握り続ける。
手術室での静謐《せいひつ》な時間だけが、僕の秘密をつかの間忘れさせてくれる。
僕は救うためではなく、きっと、救われるためにメスを握り続けているのだ。

「絶対に外には出ないこと」

いつもより華やかに着飾った母は、美しいと思った。もともと華やかな美貌《びぼう》を持っている人なのだ。ナースという職業柄、おしゃれには縁のない人なのだが、やはりきちんとお化粧して、ワンピースなど着ると、とても美しいと思う。

「いいわね、詩音《しおん》」

「……わかってる」

詩音は拗《す》ねたように答えて、ベッドにごろりと転がった。

「あーあ、せっかくニューヨークまで来たのに、ホテルばっかり。つまんないよ」

「昨日はメトロポリタン美術館にも行ったし、自由の女神も見たでしょう？」

「それだけじゃないか。明日にはもう帰るんでしょ？」

ベッドにうつ伏せになり、足をパタパタさせる詩音に、母はたしなめるように言う。

「だから、ついてきたってつまらないわよって言ったでしょ？　お父さまの学会での表彰とその後のパーティに出席するために来ただけなんだから。それでもいいからついてくるって言ったのは、詩音よ」

「はぁいはい」

その通りである。

詩音は、今年の春で十五歳になった。中等部最後の夏休みということで、無理を言って、両親の渡米についてきたのだが、心臓外科医である父の学会出席があくまでメインだ。おまけである詩音は、ホテルの部屋にほぼ缶詰になっていた。確かに部屋は広く、豪華だったし、パソコンやゲーム機まで完備されていて、時間を潰《つぶ》すことはできたが、海外まで来ていながら、これはないと思う。

〝ママはパパ命だもんなぁ……〟

詩音の両親は、いわゆるラブラブの夫婦である。いや、それを越えているかもしれない。

両親は一緒に暮らしていない。父はドイツのハンブルクの病院で働きながら、大学でも教鞭《きょうべん》を執り、母と詩音は日本にいる。父の渡独が決まった時、母は詩音を連れてついていくつもりだったらしいのだが、父は首を縦に振らなかったという。

『君と詩音は、日本にいてほしい。日本はとても安全な国だよ。君たちには、安全な場所にいてほしい。詩音がもう少し大きくなったら、必ず呼ぶからね』

その父の一言で、母は日本に残ったのだ。

母にとって、父は絶対の存在だった。唯一無二の愛する人であり、誰よりも尊敬する人なのだ。父がドイツにいる限り、母と共に過ごせる時間は短い。その短い時間、母は片時も父の傍《そば》を離れない。そんな母が、父をほっぽって、詩音の観光につき合ってくれるはずがないではないか。考えなくてもわかっていたはずなのに。

「今日は遅くなりますからね。詩音は先に休んでいなさい」

父はすでにロビーに降りていた。ロスに住んでいる友人が会いに来てくれたのだという。これから、母も合流して、パーティに行くのだ。

「あーあ……いいなぁ。僕もパーティ行きたい」

「詩音」

母が優しく頭を撫《な》でてくれる。

「次に来る時には、詩音もきっとパーティに出席できるようになっているわ」

いつも、両親は詩音を子供扱いする。

確かに、今の詩音はまだ子供と言われても仕方がない。父は長身だし、母もすらりとしているのに、なぜか詩音は成長が遅いのか、体つきは華奢《きゃしゃ》だし、顔立ちも女の子に間違えられるくらいに可愛《かわい》らしい。どこからどう見ても、子供なのだ。

「……ママ、パパが待ってるよ」

詩音はよく知っている。いつも落ち着いている母が、どこか華やいで見える。それは父と一緒にいられるからだ。本当なら、この一瞬だって、離れていたくないはずなのだ。

「じゃ、詩音。いい子にしていてね」

もう一度頭を撫でてくれてから、母は飛び立つようにして、父の元に行ってしまった。

「いい子にしていて……か」

ベッドにごろんと仰向けになり、詩音は天井を見つめるうちに、いつの間にか眠ってしまっていた。

目を開けると、一瞬、自分がどこにいるのかわからなくなるのが、ある意味旅先の常だ。詩音もクリーム色のクロス張りの天井を見て、あれ？　と思い、そして、ああと思い出した。

「寝ちゃってたんだ……」

ベッドサイドの時計を見ると、午後九時を回ったところだった。両親が出かけたのが、午後六時過ぎだったから、三時間近くも眠っていたことになる。

「お腹《なか》空いた……」

晩ごはんは、ルームサービスを取るように言われていたが、何だかもう面倒くさくなってしまった。

両親が帰ってくるまでには、まだ時間がありそうだ。詩音はベッドから降りると、窓際のカーテンを少し引いた。ホテルの窓は通りに向いている。下を見下ろすと、広い通りの向こうに、コーヒースタンドが見えた。

「わぁ……」

海外ドラマで見慣れたコーヒースタンド。カップルが出会ったり、刑事が苦い顔をしてコーヒーを飲んでいた、あのコーヒースタンド。行ってみたい。行って、コーヒーを買ってみたい。強烈な誘惑に胸を揺さぶられる。

〝道を渡るだけだ〟

両親は、ホテルの部屋を出るなとは言ったけど、街灯もある道を渡るだけなのだ。そして、コーヒーとホットドッグを買って帰ってくる。ただそれだけだ。両親が帰ってくる頃には、ベッドに入って寝ていればいい。バレるはずがない。

「よしっ」

詩音はスリッパを靴に履き替えた。ジーンズにTシャツ、上から軽いガーゼ素材のシャツを羽織る。ただ道を渡るだけなのだから、おしゃれも必要ない。ウキウキとした気分で、部屋のドアを開ける。

そのドアが、自分の運命を大きく狂わせるドアとも知らずに。

これは夢か。

悪い夢か。

目の前で、血まみれになって、ぐったりした男をもう一人の男が慌てて抱き起こしていた。詩音は全裸の身体《からだ》に返り血を浴びて、呆然《ぼうぜん》と座り込んでいる。もう自分が流した血なのか、相手の血なのかわからない。

『死んでる……』

視線を上げ、詩音をにらみ据えながら、男が言った。

『おまえが殺したんだ……』

詩音はがくがく震えながら、それでも男たちにナイフを向け続ける。

『この……人殺しが……』

ぐったりとした血まみれの男を抱きかかえながら、残った男が低い声で呪《のろ》いの言葉を吐いた。

『おまえが……殺したんだ。この……人殺し……』

これは夢だ。

詩音は呆然として、目の前の光景をとても遠いもののように見る。

これは……きっと悪い夢だ。

ACT 1.

「あんた、友達いないだろ」

ふいにかけられた声は、いわゆる腰に来るタイプの美声だった。語尾が甘くて、ふわっと耳に溶けるようだ。くるりと振り返ると、びっくりするくらい近くに、長身の男が立っていた。

〝いったい、いつの間に……〟

こんなに背が高いのに、なぜ、これほど傍《そば》に来ても、わからなかったのだろう。

小泉詩音《こいずみしおん》は、反射的に飛びすさりながら、男を見た。

背が高い。男らしい。それがまず第一印象だ。着ているものは、小泉と同じスクラブと白衣だ。白衣の胸には写真入りのネームプレート。

〝芳賀行成《はがゆきなり》……？〟

どこかで聞いたことがあるような名前だ。

そして、再び少しだけ視線を上げる。彫りの深い整った顔立ちに、少しくせっ毛の栗色《くりいろ》の髪。小泉を頭一つ上から見下ろしてくる瞳《ひとみ》の色にちょっと驚いた。薄紫にも見える灰色がかった瞳。彼の視線が自分の瞳をとらえた瞬間に、小泉はすっと視線を落とした。

〝ハーフか？〟

「その無神経さでは」

小泉は、男の胸のあたりを見ながら言った。

「あなたには、ステディな相手はいないな」

小泉の声はよく通る。細い声なのだが、通りがよく、滑舌もいいので、聞き返されることはほとんどない。その声でぱきっと言い返されて、男が笑い出した。

「噂《うわさ》通りの気の強さだな」

そして、すっと自然な仕草で、手を差し出してきた。

「挨拶《あいさつ》するのは、初めてだな。芳賀行成だ」

「……小泉だ」

ためらいながら、軽く手に触れると、びっくりするくらいの強さできゅっと握られた。あたたかくて、大きな手だ。

「指が長いな」

芳賀は小泉の手を握手から解放しても、離そうとしなかった。まるで、姫君の手を取る騎士のように、自分の手のひらの上に、小泉の手をのせて、興味深そうに見ている。

「手のひらは大きくないが、指がすらっとして長い。節が全然高くないけど、糸引く時とか、力入るのか？」

「手術に支障はない」

小泉は自分の手を芳賀の手からひったくった。

「失礼する。田巻《たまき》先生をお待たせしているので」

ここは、至誠会《しせいかい》外科病院のまさに心臓部に位置する手術部の前である。

至誠会外科病院は、特殊な病院である。至誠会は、関東、南東北に十ヵ所の拠点を持つ一大医療ネットワークだ。その中で、外科病院は特殊な位置づけの病院である。

至誠会外科病院は、外来では内科も診《み》ているものの、基本は手術を必要とする外科専門の病院である。特に、心臓外科、消化器外科、脳神経外科には、名医と呼ばれる医師を揃《そろ》え、整形外科も手の外科、足の外科など、マイクロサージャリーも可能な最新設備を備えている。

病院の中核である手術部は、二フロアを占め、大小合わせて二十室もの手術室が、連日フル稼働し、五十件を超える手術をこなし続けている。それも、日本有数のレベルでだ。

ここに赴任した外科医は、爆発的に腕が上がる。何せ、手術の数が馬鹿《ばか》げて多く、その上、さまざまな症例が持ち込まれる。上に立つ医師は名医と呼ばれるほどの一流の腕を持つ。それらを間近に見て、助手を務めて、最終的には執刀するまでになる。腕が上がらないはずがない。しかし、同時にそれはとんでもない激務だ。至誠会外科病院は大きなブランドであると同時に、凄《すさ》まじい量の仕事をこなすことを要求してくる。至誠会外科病院を経験した医師は、人相が変わるとまで言われているのだ。

手術部前は広く、ソファや自販機、畳でくつろげるコーナーも用意されている。そこで、家族は患者が手術を終えるまで待つこともできる。大きくとられた窓の外には、広い芝生の中庭が広がっていて、しばし心を和ませてくれる。

ここは完全に手術に特化した特殊な病院なのだ。患者たちは最高の手術を求めて、ここに集まってくるのである。

「それは奇遇」

芳賀がにやりと笑った。

「俺も田巻先生に呼ばれているんでね」

二人は、手術部の正面玄関とも言える二重ドアからではなく、その脇《わき》にあるスタッフ用のドアの横にあるスリットに、IDカードを滑らせて、ドアを開けた。中はびっくりするくらい広い。何せ、ほとんど一フロアがぶち抜かれていて、そこに手術室に通じるドアがずらりと並んでいるのだ。

「一つ聞きたい」

小泉は横に立つ男の顔も見上げずに言った。

「どうして、私に友達がいないと?」

「へえ、本当にいないんだ」

芳賀がふざけた口調で言う。小泉は反射的に顔を上げた。しかし、すぐにすっと視線を外す。

「美人すぎるから、かな」

芳賀がにっと笑って言った。きりりとした印象のある目元が緩んだ。目尻《めじり》が下がって、人懐こい笑顔になる。

「美人?」

小泉の語尾がきっと上がった。

小泉の顔立ちは、確かに美しい。整った目鼻立ちに黒目がちの濡《ぬ》れたような瞳。さらさらとした黒髪に縁取られた小さな顔は、透き通るように白い。体つきはほっそりと華奢《きゃしゃ》で、頼りないくらいに細身だ。しかし、身体《からだ》全体から発するオーラ、熱量のようなものは恐ろしく強い。

「美人だろ? どう見たって。それに」

芳賀はいたずらっぽく笑う。

「その若さで、一人称が『私』のやつに、友達はいない」

小泉は、じっと芳賀の横顔を見上げてから、ふんと肩をそびやかした。

薄緑のリノリウムの床を踏んで歩き出す。外科系医師は手術室に入る時、全身着替える必要があるため、足元はサンダルが多い。小泉はパタパタと音がするのが好きではないので、踵《かかと》まであるタイプのシューズを履いている。だから、足音はほとんどしないが、後ろからパタパタと聞こえるのは、間違いなく芳賀の足音だろう。

手術部は、上から見ると長方形に近い楕円《だえん》形の構造をしている。周囲にずらりと手術室と材料室のドアが並び、真ん中の部分に男女それぞれの更衣室とシャワー室、記録室などがある。

「ようこそ、至誠会外科病院手術部へ」

低く柔らかな声がした。記録室の前に立っていたのは、白衣にきちんとタイを締めた、明らかに外科医タイプではない医師だった。穏やかな笑みを浮かべた壮年の医師である。

「お久しぶりです。小泉先生」

「ご無沙汰《ぶさた》しております」

小泉は、この至誠会外科病院の院長である田巻宗一郎《そういちろう》に、深く頭を下げた。

「この度は、大変お世話になりました」

「いえ、これからたっぷりお世話をしていただくのは、こちらです」

田巻は循環器内科医だ。外科病院の院長が内科医とはこれいかにだが、田巻は元外科医なのである。カリスマとまで呼ばれた腕利きの心臓外科医だったのだが、不慮の事故で、利き手である右手の腱《けん》を切り、メスを置いたのである。その後、循環器内科に転科し、外科医の事情がわかる医師として、この病院を至誠会から託されたのだ。

「今日も手術室はほぼ全室稼働しています。ここよりも、モニター室で見ていただく方がいいでしょう」

「モニター室？」

小泉が軽く首を傾《かし》げると、田巻が答えてくれた。

「本来であれば、見学室……手術室を直接上から見られる設備があるといいのですが、うちは手術室が多すぎて、見学室を作れなかったんです。代わりに、すべての手術室にリモートカメラがついていて、モニター室で、どこの手術室でも覗《のぞ》けるようになっています。モニターは十面ありますから、十室の手術を同時に見られるということですね」

田巻は丁寧な口調で言い、小泉と芳賀を促そうとして、ふと足を止めた。

「小泉先生、芳賀先生と面識は？」

小泉はうっとうしそうに、後ろを振り向いた。長身の男がやはり立っている。

「いえ。お名前だけは記憶にあるのですが」

「えーっ、俺もまだまだだなぁ」

芳賀が明るい調子で言った。思わず、はっとして彼を見上げてしまう。

〝さっきと全然声が違う……〟

さっき声をかけられた時は、女性だったら完全に腰に来るタイプの甘い声を出していたのに、今はからりと明るい声だ。

〝何なんだ、こいつは……〟

「小泉先生」

田巻が穏やかに微笑《ほほえ》んだ。

「こちらは芳賀行成先生です。専門は、あなたと同じ心臓外科。フリーランスの腕利きです。いろいろと交渉して、やっと来ていただくことができました」

「フリーランス？」

小泉はわずかに首を傾げた。

「ってことは、就職ではないと？」

「あー、まぁ、今のところはそうなるかな。俺、就職ってしたことなくて」

芳賀はあっさりと頷《うなず》いた。

フリーランスという働き方があることは知っていた。大学の医局に所属せずに、自分で勤務スケジュールを組み、場合によっては、いくつもの病院に日替わりで勤務する医師のことを言う。小泉の場合は、大学の医局からは離れているが、至誠会に就職しているので、フリーランスではない。

「じゃあ、ここにはどのくらい勤務するんだ？」

「一応、週四かな。まぁ、結構条件いいから、就職してもよかったんだけど、今、週一で行ってるところがあって、そこ、心臓診られるの俺しかいないから、まぁ、しばらくは行かなきゃならないかなぁと」

芳賀はのんびりと言った。

「でも、ここがほぼメインになっちゃうね」

「何だか、不満そうだな」

「一生懸命働くタイプじゃないから」

芳賀は笑いながら言って、田巻に軽く頭を下げた。

「申し訳ありません。いい加減なやつで」

「いい加減な心臓外科医なんて、嫌だな」

つけつけと言う小泉に、田巻がくすりと笑って言った。

「彼はいわば業界の一匹狼《いっぴきおおかみ》のような存在でね。その腕一本で、あちこちの手術室を渡り歩いている。難しい症例やめずらしい症例もたくさん経験しているから、こちらとしては、何としてもほしい人材だったんですよ」

「つまり、一つのところに長くいられない人ということですね」

ひんやりとした視線で、長身の男に向かって小泉が言うと、彼は悪びれもせずに、にっと笑った。

「人を犯罪者みたいに言うなよ」

小泉は自分の頬《ほお》がひくりと震えるのを感じた。表情がなくなっていくのが、自分でもわかる。整ったきれいな顔に氷の仮面。

〝犯罪……者〟

その言葉に、敏感に反応してしまう自分がいる。

〝罪を犯した……者〟

「さ、モニター室にご案内します」

田巻が二人を促す。

もう小泉は、決して芳賀を振り返らなかった。


「さて」

もう少し手術部をうろうろしたいという芳賀を残して、小泉は田巻と共に、院長室に来ていた。芳賀のように、あちこちの手術室を渡り歩いていると、手術部の構造も何となくわかるのだという。

『俺、ステルス機能も備えてますんで、ご心配なく』

にこにこと言った芳賀は、摑《つか》み所《どころ》のない男というのがぴったりくる。最初に出会った時の甘い声の余韻が、今も耳の奥に残っている。

〝変な……やつだ〟

「小泉先生？」

「田巻先生」

小泉は勧められるままに、田巻と向かい合ってソファに座りながら言った。

「先生に、小泉先生と呼ばれると、何だか変な気がします」

「かと言って、今さら、詩音くんと呼ぶわけにはいかないでしょう？」

田巻は柔らかく微笑んだ。

田巻宗一郎は、小泉が大学にいた頃の教授であった冬木肇《ふゆきはじめ》の親友だった。中高一貫教育校の同級生だったという二人は、大学進学で一時道は分かれたものの、医局入局時に、田巻が東興学院大に転籍した事もあって、親友付き合いが続いていたのだという。

冬木は、小泉を可愛《かわい》がってくれた。たぶん、一番弟子という位置づけだったと思う。彼が半年前に、突然の事故で急逝してしまうまでは。

「どうですか？　うちの手術部は」

院内の喫茶室にコーヒーを頼んでくれてから、田巻は言った。

「素晴らしいですね」

小泉は頷いた。

「設備はすべて最新。スタッフも充実しているようですし。しかし、何よりすごいのは、あの稼働率ですね」

小泉は、手術部をモニター室から見た時の驚きを素直に言った。

「手術室は全部で二十室とのことでしたが」

「稼働率はだいたい九十パーセントを越えていますね」

田巻はさらりと答える。

「まぁ、そのための病院ですから。私は内科なので、外来も暇ですよ」

「先生は……もう手術はなさらないのですか?」

小泉はそっと聞いてみた。

田巻は腕のいい心臓外科医だった。小泉の師匠の冬木ほど政治力に長《た》けていなかったので、大学のトップにはならず、助教止まりだったが、その腕の冴《さ》えは素晴らしいものだった。小泉も、冬木と共に、何度か田巻の手術を見学したが、彼はリスクのある患者の手術が得意だった。指が長く、手がほっそりとしていて華奢なのに、力が強いという、理想的な外科医の手を持っていたためか、患者の身体をメスで開いてからがとにかく速かった。開創器をかけると、一気に手術室の空気が変わるほどのスピードで手術が進む。その手術は惚《ほ》れ惚《ぼ》れとするほどの出来で、冬木もいつも前のめりに見ていたものだった。

「人並みの手術しかできないなら、私が無理をしてメスを取る意味はありません」

田巻はさらりと言う。自分の腕をよく知っているものにしか言えない言葉だった。

「実際、私の右手が耐えられるのは二時間くらいのものでしょう。コアの部分だけを担当するのなら、できないことはないでしょうが……ロートルがそこまでしなくても、小泉先生や芳賀先生のような若い方がいらっしゃいます。私は後方支援に回りますよ」

コンコンとノックが聞こえ、喫茶室からコーヒーが届いた。田巻がポットからコーヒーを注ぎ、カップを小泉の前に置いてくれる。

「……私のことは、まぁ、済んだことですので。それで、小泉先生、いかがですか？やっていけそうですか？」

「やっていくも何も」

小泉は少し笑ってしまう。

「やるしかない……というのが本音です。今の私を引き受けてくださるのは、先生しかいらっしゃいません」

「そんなことはないと思いますが」

コーヒーのいい香りが漂う。ゆっくりと一口飲んで、田巻は静かに言った。

「はっきり言いますが、ここでの仕事は激務です」

「はい」

小泉は力を込めて頷いた。

「それを期待して参りました」

冬木の急逝から半年。メスを握ることによって、自分の存在を支えてきた小泉にとって、ある意味つらい日々だった。

自分は冬木に守られてきたのだと思った。雑事に煩わされることなく、ただメスを握り、手術に向かう。冬木は何も言わなかったが、彼がいなくなって初めて、小泉は自分が特殊な立場であったことを思い知った。そして、彼がいなければ、何もできないということも、いやというほど思い知らされた。

「執刀は、いくら回していただいても結構です。時間外でも何でも」

「たぶん、言われなくてもそうなると思いますよ」

田巻は意味ありげに言う。

「これから、長いおつき合いになりそうですね」

「そうであることを……祈ります」

小泉は心からそう言ったのだった。


うるさいところは苦手だと言ったら、古いつき合いの友人は、静かな個室のみの和食屋を予約してくれた。驚いたことに店内に小川が流れていて、飛び石伝いに、それぞれの個室を行き来する形になっている。

「おまえ、こういうところに女性を連れ込んでいるんだな」

開口一番そう言った小泉に、少し目尻の下がった優しげな顔立ちの男が苦笑した。フレームレスの眼鏡《めがね》がよく似合い、優しい中にも知的な雰囲気が漂う。麻酔科医の志築公《しづきこう》である。

「ベッドのないところに、女性は連れ込まないよ」

「………」

何か、すごいことを聞いてしまった。

志築と小泉は、エスカレーター式の私立校で、幼稚園から大学までを共に過ごした仲である。しかも、クラスはずっと一緒で、大学でも学部が一緒だったため、かなりの時間を共に過ごした。彼と道が分かれたのは、専攻を決めた時だ。小泉は心臓外科を選び、志築は麻酔科に進んだ。それでも、年に数度は顔を合わせていたので、友人のほとんどいない小泉にとっては、親しい友人といっていいだろう。

「冗談だよ」

くすりと志築が笑った。

「小泉をからかうのはおもしろい」

「おまえ……相変わらず、性格悪いな」

適当に頼んだよと志築が言った通り、次々に料理が届き始めた。コースではないらしく、酒の強い志築好みの酒肴《しゅこう》ばかりだ。小泉も酒は嫌いではない。二人はメロンのような香りがするという日本酒『正雪《しょうせつ》　純米吟醸』を頼み、ゆっくりと飲み始めた。

「うん……これ、しっとりしていて美味《おい》しいな」

志築がとりわさを一口食べて、満足そうに言った。

「小泉も食べろよ。ここ、卵料理が美味《うま》いんだよ。そっちのだし巻き、美味いから食べてみろ」

志築は面倒見のいい男だ。友達も多く、ついでに女性にもモテる。こいつがなぜいまだにステディな相手を持たないのか、友人たちは不思議に思っているようだが、小泉には何となく理由がわかっている。

「……で？　医局から放逐された小泉先生、うちの病院のご感想はいかがかな」

小泉はふんと軽く息を吐いた。

「放逐なんかされていない」

ぐいとガラスの猪口《ちょこ》を干して、小泉は露骨に顔を背ける。志築はしばらく小泉の横顔を眺めてから、にいっと笑った。

「まぁ、カリスマだった冬木教授の後釜《あとがま》は、小泉じゃ荷が重かったか」

志築は、人当たりのいい男で通っている。優しげな容姿と優しげな物腰。学生時代から、人気は絶大だった。しかし、長いつき合いである小泉は、この男が外見通りの人間ではないことを知っている。

子供の頃から聡《さと》いタイプだった。一を聞いて、百を知っちゃうようなタイプだ。それだけに、長ずるに従って、彼は人の心を読むようになった。そして、人の裏側を読むようになった。そんな時、彼の優しげな目には、不穏な光が宿る。その目を、小泉は『毒蛇の目』と呼んでいる。

志築が毒蛇としての本性を現し始めたのは、高等部時代だったと思う。志築には年子の姉がいるのだが、その姉が大学部の学生につけ回されるようになった。その学生は、ある意味志築とよく似たタイプで、温厚な容姿と物腰を持っていたが、それはあくまで表向きで、裏側には強すぎる自尊心と周囲に対する見下しの眼差《まなざ》しがあった。志築はそれを一目で見抜いたのだ。

彼のやったことは、ある意味簡単なことだった。にこにこと優しい顔で人懐こく彼に近づき、また彼の友人たち、学部の学生たちに近づき、情報を集めまくったのである。そして、ついには、彼からDVを受けたという女性数人にまでたどり着いたのだ。

あとはそれをきちんとまとめて、学生掲示板に貼《は》りだし、そして、彼の担当教授宛《あ》てに『親展』で送りつけた。

誰がやったのかは、みなすぐにわかっただろう。にこにこと穏やかな笑顔で聞き回っていた高等部の生徒がいたのだから。しかし、志築は一切誰にも糾弾されなかった。みな、自分が口を滑らせてしまったことはわかっていたし、また、高校生にして、巧みすぎる話術と無邪気な笑顔を使い分ける志築に恐れをなしたのだ。

するりと相手の懐に入って牙《きば》をむく。志築は陰で『毒蛇』と呼ばれるようになった。

しかし、彼の賢かったところは、その牙を決して無駄にむかなかったことだ。情報は情報として蓄積はしていたが、めったにそれを使うことはなかった。逆に言えば、彼は味方につけておくべき人物なのだ。かくして、志築公はおさわり注意的な扱いとなったのである。

「志築」

もう一口酒を飲んで、小泉は言った。

「おまえ、芳賀先生がどういういきさつで、至誠会に来たのか、知ってるか？」

「芳賀先生？」

志築はきょとんとして、小泉を見た。

「あのイケメンか？」

「イケメン……」

そうきたか。まぁ、確かに、長身だし、ルックスは悪くない。完璧《かんぺき》に整った美貌《びぼう》ではないが、人好きのするハンサムな容姿だ。

「おまえの方が、知ってるんじゃないの？　同じ心臓外科なんだから」

「……この世に、何人心臓外科医がいると思うんだ？」

「まぁ、確かに」

くすりと志築が笑った。

「俺も詳しいことは知らないよ。彼がフリーランスの外科医で、今まで十以上の病院を渡り歩いてきたこと。今も、うちには週四日の勤務で、あと、週一日、心臓外科医に逃げられた和田《わだ》記念病院に破格のギャラで行っていること。その他、房総の方の病院に月二くらいで、当直のバイトにも行ってる。これはギャラのためってより、骨休めしつつ、稼いでもいるって感じかな。温泉病院なんだよ」

「……十分詳しいじゃないか」

何なんだ、この男は。さすが『毒蛇』である。

志築は、しらすのオムレツを端からつつきながら言った。オムレツといっても、ふわとろ系ではなく、しっかりと火を通した卵焼きタイプで、少し塩気が強い。結構いい酒肴になる。

「でも、わかったのはそこまでかな。彼はK大の出身なんだけど、卒後五年間日本にいて、その後アメリカに渡って、向こうの医師免許を取得したらしい。アメリカには都合三年間滞在して、臨床留学と医師としての勤務経験をしている。日本に帰ってきたのは、二年前だから、俺たちより二つくらい年上だな」

「アメリカ……」

小泉の手から、空になっていた猪口がころりと落ちた。

「彼は……アメリカにいたのか……?」

「めずらしいよな。アメリカに臨床留学するのはたまにいるが、向こうの医師免許まで取って、実際勤務していたなんてさ。俺も初めて見たよ、そんな医者」

小泉は自分の鼓動が不規則になるのを感じていた。

「アメリカ……どこだろう……」

「さて、そこまではね」

志築は、小泉の異変には気づかぬように言った。

「ただ、アメリカは州ごとに医師免許が別々で、いちいち取り直さないといけないから、たぶんいくつもの州にはまたがっていないと思うぞ。知りたいなら、調べてやろうか?」

この男なら、たぶん調べることは可能なのだろう。いろいろな意味で顔が広く、情報を集めるのが天才的に上手《うま》い男なのだ。

「……いや、いい」

小泉は首をゆっくりと横に振った。

〝彼は……アメリカから来た男なのか……〟

十七年前、アメリカ、ニューヨークの夜。

何もかも、テレビで見た通りだ。両親と共に泊まっているホテルの向かいにあったコーヒースタンド。渡されたコーヒーのカップはびっくりするくらい大きく、ホットドッグもたっぷりと大きかった。

詩音の英語はちゃんと通じたようだった。小さい頃から英語を習い、父は詩音に会う度にいつも、日本語で話す前に、まず英語で話しかけ、一通り近況などを話してから、やっと日本語になる。そのくらい、しっかり仕込まれた英会話である。ほぼネイティブ並みに話せる自信はあった。

詩音はウインクしてくれた店員に手を振ると、コーヒーのカップと紙袋に入ったホットドッグを持って、スタンドを出た。中で立ったまま食べてみたかったが、もしも両親がホテルに戻っていたら、大目玉だ。急いで、道を渡るために歩き出した時だった。

「……っ！」

まさに一瞬だった。後ろから大きな手で口を塞《ふさ》がれて、スタンド横の暗がりに引きずり込まれたのだ。道なんてあるとは思えないほどの暗がり。詩音の手からコーヒーとホットドッグの入った紙袋が落ちて、そこに誰かがいたことだけを告げる。

〝な、何……っ！　ご、強盗……〟

ずるずると強い力で引きずられる。暗がりに少し目が慣れて、自分を引きずっているのが大きな男であることがわかった。そして、道の奥にもう一人いる。早口の英語はスラングと訛《なま》りがひどくて、何を言っているのかほとんどわからない。突き飛ばされ、詩音は地面に転がされた。

「ひ……」

目の前にナイフが突きつけられる。店の裏口にある小さな明かりに、ぎらりと禍々《まがまが》しく光ったナイフは、刃渡り二十センチ以上もありそうに見えた。

『男か？　女か？』

それだけが聞き取れた。と、次の瞬間、信じられないことが起きた。いきなり、ものすごい力でジーンズを脱がされたのだ。下着も一緒に脱がされて、下半身を裸にされる。湧《わ》き上《あ》がった笑い声に、相手が二人とも男であることがわかった。大柄な男二人が、詩音を見下ろしている。

『可愛いのがついてる』

むき出しにされたものをいきなり握られて、悲鳴を上げる。また男たちが爆笑した。

『女だと思ったら、男か』

『可愛い悲鳴だな。ほら、もっと叫べよ』

『いや、男の方がかえっていいかもしれないな。賭《か》けてもいい。絶対にバージンだ』

〝殺される……？〟

いや、殺されるのなら、とっくに喉《のど》を掻《か》き切《き》られている。なぜ、下半身だけを裸にされる。何をされる。何を……。

「……っ」

恐怖に大きく見開いた詩音の目の前に、ナイフが突きつけられた。

『逃げたら……殺す』

すうっと喉のあたりを軽くナイフが滑った。薄く切られたらしく、痛みが走る。

『まぁ、俺たちのモノ、ぶち込まれれば、途中で死ぬかもしれないけどな』

言葉はわかったが、何を言われているのかがわからない。男たちはまた下品に笑い、そして、一人の男が詩音の両手をまとめて頭の上で押さえ、もう片方の手でナイフを喉元に突きつけた。もう一人は詩音の両足を膝《ひざ》のあたりで軽く折ると、思い切り左右に広げた。

「……っ！」

『間違いなくバージンだ。こんなちっちゃいところに、俺たちの入るか？』

『よーく広げといてくれ。俺が楽しめるようにな』

『バックバージンは久しぶりだ。よーし、坊や、たっぷり楽しませてくれよ』

詩音の両足を広げさせた男が、ジーンズのボタンを外し、ファスナーを下ろす。

「や……やだ……」

男が自分のショーツをずり下ろし、信じられないくらい大きなモノをむき出しにした。

「やだ……やだ……っ！」

十五歳の夏。小泉は、あの日以来、アメリカに一度も足を踏み入れていない。アメリカで開催される学会には、一度も出席していないし、何度かあった留学のオファーも、どんなに良《い》い条件でもすべて断った。

〝今になって……どうして……っ〟

ずっと封印してきた恐ろしい記憶。今でも、あれは本当のことだったのか、もしかしたら、夢だったのではないかと思うことがある。しかし、自分が『アメリカ』という国の名と『ニューヨーク』という都市の名に、異常に反応してしまうことだけは確かなのだ。それを聞いただけで、胸の鼓動が不規則になり、喘《あえ》ぐような呼吸になってしまう。

「小泉」

はっと気づくと、志築の心配そうな顔が目の前にあった。この『毒蛇』にもこんな顔ができるのかと、少しだけおかしくなってしまう。しかし、小泉の表情は笑いにはならず、ただ少し引きつっただけだった。

「どうした？　気分でも悪いのか？」

志築がすっと向かいから手を伸ばしてきた。小泉の額に手を触れようとする。小泉はそれを反射的に叩《たた》き落《お》としていた。

「お、おいおい……」

「あ、悪い……っ」

志築がいてえなぁと笑う。

「外科医の手は、結構な凶器なんだぜ。おまえら、やたら力が強いから」

外科医は、縫合時に糸を引き、糸を切る作業を淡々と続ける必要があるからか、それとも、術中、意外と力業が必要な局面があるせいなのか、腕の力が強くなる。筋肉が発達するのだ。だから、華奢に見えても、外科医はかなり力が強い。

「俺はひ弱な麻酔科医だ。優しく扱ってくれよ」

「悪い……。急に手を出してくるから、びっくりして……」

小泉は人に触られるのが苦手だ。嫌悪していると言った方が正しいかもしれない。

「酒はもうやめとけ」

志築が転がった猪口をテーブルの端に置いた。

「何か、あったかいものでももらうか？　炭水化物入れた方がいいぞ」

志築がお品書きを眺めた。

「ああ、鯛素麵《たいそうめん》がある。これあったかいのだな。どうする?」

「鯛素麵?」

「鯛のアラで出汁《だし》を取ったにゅうめんだよ。これ美味いんだ。食べてみろって」

小泉はこくりと頷いた。

確かに、もう酒を飲む気にはならない。酔いはきれいに飛んでしまった。

「よし、じゃあ、オーダーするぞ」

面倒見のいい志築がオーダーしてくれて、食事を待つ間、二人は残っていた酒肴を少しずつつついていた。

「彼は」

小泉はぽつりと言った。

「どうして、フリーランスの道を選んだんだろう」

「彼? 芳賀先生のことか?」

「うん。私が言うのもなんだが、日本ではやはり、学閥というか……大学の医局がまだまだ強いだろう? その中でフリーランスでやっていくのは、やはり難しい気がする。その上、海外での医師免許取得というハードルの高いことをやっていながら、日本に舞い戻ってきたのもわからない……」

ぽつりぽつりと言う小泉を、志築はちらりと見た。

「まぁ……あの田巻先生が引っ張った御仁だから、間違いなく腕は立つんだろう。田巻先生って、顔も広いし、おまえと違って、人望もあるしな」

わずかに残っていたガラスのお銚子《ちょうし》の酒を猪口に注いで、志築は言った。

「小泉、余計なことかもしれんが」

彼の声が低く響く。

「……少しは、話している相手の顔を見ろ」

とんとんと個室の引き戸を叩く音がして、小泉ははっと身体をこわばらせた。

「はぁい、どうぞ」

のんびりとした口調で、志築が応える。

「お待たせいたしました」

お運びの女性が、ふんわりと湯気の立つ鯛素麺を運んできた。出汁のいい匂《にお》いがする。大きな鯛のアラがでんとのっていてびっくりするが、まだ身もたっぷりついていて、美味しそうだ。

「来た来た」

志築が嬉《うれ》しそうな声を出す。

「ほら、あったかいうちに食べようぜ」

学生時代そのままの笑顔の志築に、小泉は無言のまま、こくりと頷いたのだった。

ACT 2.

至誠会《しせいかい》外科病院には、異名がある。別名『駆け込み寺』。

「うちが積極的に名乗っているわけではないのですが」

小泉《こいずみ》が初めて外来に出る朝、どうですか？　と診察室に顔を出してくれた田巻《たまき》が、くすりと笑って言った。

外来に出るために院内を歩いていたら、患者たちの話が聞こえてきたのだ。

「『駆け込み寺』とは、どういう意味ですか？」

そう尋ねた小泉に、田巻は答えてくれた。

「ここは、手術の予定を組むのが早いんですよ」

「手術の予定を組むのが早い？」

診察室はゆったりとしていて、明るい。心臓外科という科の性質上、エコーが不可欠であるためだ。診察ベッドの横には、心エコーがちゃんとセッティングされている。検査をするための技師をつけることもできると言われたが、小泉は断った。できたら、介助のナースも断りたいところだったが、それはさすがにできなかった。医師によっては、診察介助のナース、検査技師、電子カルテ入力のクラークを入れているのだという。

〝人は……少ない方がいい〟

小泉は、他人との接触が極端に苦手で、苦痛でさえある。

「ええ。患者さんは、当院への紹介状持参の来院が基本で、たいてい手術が必要との診断がついているせいもありますが、初診から三日以内に入院となり、手術は最長でも二週間以内に組みます。ですから、臨床症状がつらい患者さんにとっての駆け込み寺と呼ばれているのですよ」

田巻はいつも柔らかく微笑《ほほえ》んでいる。

彼は外科医としては、少し異色のタイプだった。小泉の師匠であった冬木《ふゆき》が典型的な外科医タイプで、やや早口に話し、エネルギッシュでアクティブだったのに対し、その親友であった田巻は、穏やかで物静かだった。手術室でもその雰囲気は変わらず、彼の手術は静かで、淡々と進む。あまりに静かなので、逆にスタッフが緊張してしまうと言われていた。冬木は手術をしながらでも話をするし、コアの部分以外では、BGMを流すこともあった。小泉はどちらかというと、田巻に近い手術室の雰囲気になるが、彼ほど穏やかではないと思う。実際、小泉の手術室に入るのを嫌がるスタッフも多かった。異常な緊張を強いられるというのだ。小泉自身には、よくわからないのだが。

「ですから、ここでの診察は少し特殊です。手術前検査は済んでいることが多いので、まずはその検査がきちんと行われているかの確認と、患者さんをこの目でしっかりと見る。それが診察の肝になります」

「この目で見る？」

田巻の言葉は、少し抽象的だ。軽く首を傾けた小泉に、田巻は小さく頷《うなず》いた。

「私は、外科医のファースト・インプレッションは侮れないと思っています。若い先生方からすれば、信じられないことかもしれませんが、時に医師の目は、検査結果には出てこないものを見て取ります。型通りの手術前検査では、こぼれてしまったものをすくい上げる。それが、ここでの診察です」

そして、彼は壁に掛かった時計を見上げた。午前九時。診察の開始だ。

「小泉先生なら、問題なくやっていただけると思っております。それでは」

田巻がすっと診察室から出ていった。ふいに、すでに中待ちに入っている患者たちのざわめきが耳に届く。

〝こぼれてしまったものをすくい上げる〟

自分にできるだろうか。

あの日から、周囲の音に耳を塞《ふさ》ぎ、目を閉じ、ただ逃げるように走り続けてきた自分に。この耳に、目に、患者たちの声なき声は届くのだろうか。

しかし、もう後戻りはできない。小泉の中にある冷たく深い沼を、なぜか感じ取ってくれ、ずっと守ってくれていた冬木はもういない。硬く凍《い》てついた氷の上に立って、小泉はまだ少し途方に暮れている。しかし、歩き出さなければ、いつかこの氷は割れてしまい、冷たい沼の中に、自分は沈んでいってしまう。

歩き出さなければ。ここから。

「小泉先生」

介助のナースの緊張した声。

「患者さんをお呼びしていいでしょうか」

少し目を閉じ、息を深く吐いてから、小泉は頷いた。

「お願いします」

電子カルテを開くと、そこにはすでにさまざまな資料が取り込まれていた。

〝血液検査……心電図……レントゲン……アンギオ（血管造影）……〟

紹介状ももちろん取り込まれており、小泉はざっと流し見る。

〝AS（大動脈弁狭窄《きょうさく》症）か……〟

患者は六十代の男性だ。胸の苦しさや労作時の息切れから始まり、最近では失神発作を起こすようになり、手術適応となっていた。

大動脈弁狭窄症は、心臓弁膜症の一つで、心臓の出口にある大動脈弁が何らかの原因で開きが悪くなり、心臓から全身に血液を十分に送り出すことができなくなる病気だ。そのため、心臓は肥大し、働きが低下してしまう。原因はいくつかあるが、最も多いのが、動脈硬化と同じように、大動脈弁が硬くなって、開きが悪くなってしまうものだ。症状の程度がそれほど強くなければ、経過観察でもいいのだが、この患者の場合、失神発作がすでに頻回に起きており、このままでは突然死を迎える可能性がある。手術の適応だった。

「診察します」

小泉はカルテを見たままの姿勢で言った。次々に画面を切り替えて、前医から提供された資料を見ていく。

「胸の音を聴きますので、胸を出してもらってください」

「は、はい……」

ナースは少し戸惑ったような声を出していたが、すぐにさっと動いてくれた。患者の脱衣を手伝い、小泉が直接胸の音を聴けるようにしてくれる。小泉は首にかけていたステートを耳につけた。

「失礼します」

ステートを通して、独特の収縮期雑音が聴こえてくる。

〝思ったより強いな……〟

前医から送られてきた心電図で確認した感じよりも、症状が進んでいる気がした。

「エコーを見ます」

小泉の言葉は必要最低限だ。声がクリアなので、ナースに聞き返されることはなかったが、言葉の選択がとんでもなくミニマムである。

ナースが患者をベッドに寝かせ、心エコーの準備をしている間、小泉はもう一度、前医からの検査結果を見直し、自分の所見と共にカルテに記載していく。そのタイピングは恐ろしく速く、正確だ。電子カルテを医師に代わって入力してくれるクラークを入れるのが嫌なあまり、クラーク以上の速度で、クラーク以上に正確にカルテの入力ができるよう、タイピングの練習をした。もともとタッチタイピングはできたのだが、意識するようになって、その速度は凄《すさ》まじく向上した。何せ、指先命の外科医である。手先は恐ろしく器用だ。

「お願いします」

室内の光度が落とされ、エコーの準備が整った。小泉はくるりと座っていた椅子《いす》を回し、椅子ごと移動して、ベッドに横たわった患者に向かう。

「失礼します」

患者の胸に、あたためたゼリーを落として、エコープローブを当てると、ふわふわしていたディスプレイがふわっと明るくなり、規則的に動き始めた。しばらくBモードで観察してから、カラードプラに切り替える。一気にディスプレイがカラフルになって、躍動感が見られるようになる。生きている人間の心臓を目の前に見ている感覚だ。

〝左室壁は……十八ミリか。左室の肥大は顕著だ……〟

カラードプラに切り替えると、血流がはっきりと見える。

〝弁上の stenotic jet……弁口面積は……通常時の半分程度か〟

小泉は無言のまま、検査を進めていく。心エコーの動画もカルテには取り込まれていたが、やはり主治医となり、執刀医となるなら、当然自分で見ておきたいところだ。実際、前医から送られてきた心エコーの動画は時間が短く、血流が十分に観察できていなかった。

〝全身状態は悪くない。TAVI（経カテーテル的大動脈弁植え込み術）よりも弁置換の方がいいな……〟

開胸しないカテーテルを使っての弁植え込みは、心臓をいったん止める体外循環を必要とせず、低侵襲だが、組織の密着性やカテーテル操作時の塞栓症《そくせん》などに問題があり、高齢などのハイリスク症例に限って施行されているのが実状だ。

小泉はすいと身体《からだ》の向きを変え、エコープローブを戻した。ナースに軽く頷いて、患者の胸に残った検査用のゼリーをおしぼりで拭《ふ》き取らせる。患者が身繕いをすませ、ベッドから椅子に戻ったのを確認してから、ナースが明かりを戻した。

「今日は入院の準備をしてこられてますね」

小泉はカルテを見たまま言った。

「このまま、入院していただきます。術前の検査をいくつかして、手術の予定を組みます」

「あ、あの……っ」

患者がようやくといった感じで、口を開いた。

「し、紹介してくれた先生から、手術をしなくても、カテーテル……？　で、治せると聞いてたんですが」

「あなたの場合、開胸での手術が一番よい選択肢と考えます」

小泉は細いがよく通る声で、ぴしりと言った。

「カテーテル法は、体力のない、全身状態のよくない患者の選択肢です。あなたの場合、適応とは考えません」

「で、でも……っ」

ついてきた患者の妻が口を挟んでくる。

「手術なんかしない方がいいんじゃ……」

「手術を希望されないなら、こちらに来院される意味はないと思います」

小泉は抑揚のない声で言った。

「手術をされないということなら、心臓外科の受診は必要ありません。前医へお戻りください」

「そんな……」

「あ、あの……っ」

ナースが慌てたように、患者に駆け寄った。

「こちらでちょっとお話をいたしましょう」

「でも……っ」

患者が不安げに、家族とナースと小泉を見比べている。小泉はふいと視線をそらし、硬質な横顔を見せているだけだ。

「私は外科医です。手術をするのが仕事です。手術をなさらないのであれば、私は必要ありません」

白く長い指が、さっとその患者のカルテを閉じた。


至誠会外科病院は激務である。それだけに、凄まじい数の高度な手術をこなしているスタッフたちは、かなり待遇がいい。普通であれば、患者と家族用の喫茶室や食堂があって、スタッフ用はその付属的についていたり、隠れるようにある場合が多いのだが、至誠会外科病院の場合、実はスタッフ用の食堂の方が、いい場所にあり、広く、充実している。

患者とその家族用の喫茶室と食堂は、受付、外来と同じ一階にあるが、スタッフ用の食堂は病院最上階の十階にあり、見晴らしも良く、広々としている。中はカフェスペースとレストランスペースに分かれていて、軽食も食べられるカフェスペースは、早朝五時から深夜零時まで営業しており、夜勤のスタッフの癒《い》やしの場になっている。レストランスペースは、午前十一時から午後八時までの営業で、メニューも複数の洋定食と和定食、パスタ、麺類《めんるい》と充実しており、調理スタッフもホテルでの勤務経験があるようなものが揃《そろ》っていて、材料もいいものを使っている。それらが安い料金で食べられるので、スタッフたちは、ここで食事を摂《と》ることが多い。

「お疲れ様ぁ」

脳天気な声に、和定食を食べていた小泉が顔を上げると、長身のハンサムがにこにこと立っていた。美味《おい》しそうな五目ラーメンとおにぎりが二つ、トレイの上にのっている。カフェにもレストランにもテイクアウトがあり、サンドイッチやコーヒー、紅茶、おにぎり、お弁当などがテイクアウトできるようになっている。そのおにぎりが二つ、ラーメンの隣に並んでいた。

「それを全部食べるのか？」

小泉の和定食は、ご飯も軽く盛ってあって、量もやや少なめだ。あまり満腹になってしまうと眠気が来て、長時間の手術がつらくなることがあるからだ。

「ああ。これでも軽い方だぜ？　俺、朝食えない方だから、昼はがっつり」

芳賀《はが》はそう答えると、小泉の向かいに座った。食堂には日当たりのいいテラスもあり、ナースたちがきゃっきゃっとおしゃべりしながら、サンドイッチやカスクートを食べている。

「小泉先生こそ、それだけで足りるのか？」

「普通の一人前だと思うが」

小泉はやや切り口上で言った。

志築《しづき》ほどつき合いが長ければ、この距離は大丈夫だが、まだ芳賀のことはよくわからない。だから、距離感も摑《つか》めない。一気に食欲がなくなって、小泉はかたりと箸《はし》を置いた。

給湯器から持ってきたお茶だが、さすがにこのレストランのお茶だ。大学病院にいた頃の薄い、色付きのお湯ではなく、ちゃんとお茶の味がする。お茶も緑茶の冷茶とあたたかいほうじ茶を選べるようになっていた。小泉が飲んでいるのは、あたたかいほうじ茶だ。

「小泉先生、もっとちゃんと食べた方がいいぞ。心臓外科医は体力だから」

「繊細さも必要だ」

「繊細……ですか」

二人が向かい合っているテーブルの傍《そば》に、すっと立ち止まった白衣が見えた。小泉が顔を上げると、穏やかな微笑みの人が立っていた。

「田巻先生」

すでに食事は終えていたのだろう。田巻は小さなトレイにコーヒーカップをのせていた。

「失礼。少しよろしいですか？」

「あ、俺、席外した方がいいですか？」

田巻が用があるのは、小泉だと思ったらしく、芳賀が言った。しかし、田巻は軽く首を横に振った。

「いえ。芳賀先生にも聞いていただいた方がいいと思います」

ベージュとリーフグリーンで統一されたレストランは、明るく清潔で、安らぐ空間だ。そのテーブルで、三人の医師は顔を合わせていた。

「小泉先生、今日、先生の外来から、私の外来に患者さんが回ってきました」

田巻は静かな口調で話し始めた。

「カルテを見るかぎり、先生のご指示ではなく、先生についていたナースの判断と思いました」

小泉はきょとんと目を見開いた。黒目がちの大きな瞳《ひとみ》が斜め向かいに座った田巻を一瞬見つめてから、すいと視線を落とした。

「申し訳ありません。思い当たるところがないのですが」

「……という方です」

田巻は患者の名前を挙げた。小泉は軽く頷く。

「確かに、その患者は私の外来に来ました。他院からの紹介で、ASの手術適応でしたが、手術をする気はないということで、前医にお戻りいただきましたが」

「ちょい待ち」

芳賀がひょいと口を挟んできた。

「えっと、小泉先生が前医に戻した患者さんが、なぜか田巻先生の外来に回されたと?」

「はい。ナースの判断です」

田巻はゆっくりと言った。

「小泉先生、患者さんとよく話をなさいましたか?」

「診察はしました」

小泉はさらりと答えた。

「前医の診断通り、手術適応と考えました。その通り、患者に伝えましたが、手術は希望しないということでしたので、そこで診察を終わりにしました」

「本当に、患者さんは手術を希望されなかったのでしょうか」

　田巻が言った。

「私がうかがったところ、患者さんは最も自分に合った治療を受けたいとのことでしたので、開胸手術が最もよい選択肢であることをご説明しました。カテーテルでの治療も視野に入れていらっしゃるようでしたが、それはおすすめしないということをお話ししたところ、ご納得いただけました。ただし」

　田巻が指を一本立てる。

「あなたを主治医にはしたくない。他の先生にしてほしいと言われました。何がありましたか？」

「いえ、特には」

　小泉はうつむき加減のまま、淡々と言った。

「それでは、私を主治医から外してください」

「それでは、ではありませんよ」

　田巻が少し微笑んだ。

「あなたを主治医から外して、それで問題は解決しますか？」

「何が問題ですか」

「あれ、わかってないの？」

芳賀がまたひょいと口を挟んだ。

「小泉先生、先生って、圧倒的に言葉足りない人でしょ」

「言葉が足りない？」

そう、と頷いて、芳賀は美味しそうにラーメンをすすった。

「先生が、その患者さんにしなかったことは、説明だよ。客観的な説明。まぁ、はしょりたくなる気持ちもわからなくはない。正直、心臓外科の手術の説明って難しいよね。これが消化器外科とか整形外科だと簡単なんだけど、心臓外科は本当に難しい。切り開いて、悪いところを取る……だけじゃ、説明にならない。心臓が害されることによって起きてくる全身症状と結びつけながら、説明しなきゃならないし、ASだとカテーテル法もあるから、そのメリットとリスクもきちんと説明して、開胸手術に引っ張らないとならない。カテーテル法を視野に入れていたってことは、どっかで知恵つけられてきたってことですよね。ネットかな？」

「いえ、前医です。正直、余計なことを言ってくれたとは思いました」

田巻が苦笑していた。

「というわけで、とりあえず入院はしていただきましたが、主治医交代となると……ちょっと難しいんです。今、心臓外科はぎちぎちな状態で、どの先生も手術予定がびっしりで、それで、小泉先生にお願いしたんですが」

「……私には、あれ以上の対応はできません」

小泉はうつむいたまま言った。

「すみません。今も何が悪かったのか、よくわからないんです。私が頭を下げるのも、何だか違う気がしますし……」

小泉は少し混乱していた。

半年前まで外来を受け持っていた東興《とうこう》学院大医学部付属病院での診療と、何らスタイルは変えていない。大学病院での診療は、とにかく数が多く、次々にさばいていかないと、仕事が終わらない。今話題になっている患者も、名前は覚えていたが、顔はまったく浮かんでこない。見ていなかったからだ。

しかし、患者の顔を覚えたから何だというのだろう。小泉のような外科医は、患者とあまり長いつき合いをしない。心臓外科の患者は、手術を終えたら内科管理になるからだ。だから、顔を覚える間もなく、次の患者がやってくる。まるで、くるくると車輪を回すハムスターのようだと思うことが時々ある。

「……小泉先生」

田巻が柔らかく響く声で言った。

「ここは民間の病院です。大学病院での対応は通用しないと思ってください。私たちは医療を提供すると共に、サービスも提供しなければなりません。そうでなければ、生き残っていけないのですよ」

小泉は黙り込んだ。

どうすればいいのかわからなかった。

外科医にとっての武器は、メスだと思ってきた。手術テクニックだと思ってきた。今さら、サービスだと言われても、対応などできるはずがない。

〝私は……まともに他人と対峙《たいじ》など……できない〟

「田巻先生」

その時、芳賀の明るい声がした。

「大学病院で、高度な手術テクニックをひたすら磨いてきた小泉先生に、今すぐに方向転換しろったって無理ですよ。たぶん、冬木教授はそういう風に、小泉先生を育ててこなかったんですから」

「芳賀先生」

芳賀はさっさとラーメンを食べてしまうと、おにぎりを食べ始めていた。気持ちがいいくらいの食べっぷりだ。おにぎりは鮭《さけ》とおかからしい。

「その患者さん、俺が引き受けますよ。もう入院してるんですよね。あとで挨拶《あいさつ》に行ってきます」

「しかし、芳賀先生……」

田巻が首を横に振る。

「それは……それでは、小泉先生に紹介してきた前医に何と言えば……。小泉先生は、ご本人が考えている以上に知られているんです。冬木くんの直系の最後の弟子ですから。彼の執刀を期待して、自分の患者を紹介してきた前医に、こちらの都合で執刀医を替えたとは……。それに、小泉先生が執刀を拒否したとされるのも、病院としてあまり好ましいことではありません」

「ああ、まぁ、それはあるか……」

芳賀は少し考えているようだった。小泉はただ身を硬くしているだけだ。

できることなら、ここから消えてしまいたい。自分がどうすればいいのかわからない。どうすればよかったのかわからない。

〝私は……メスを握ることしかできないんだ……。私に……それ以上のことを求めないでくれ……〟

どうすれば……いい。

「じゃあ、二人羽織《ににんばおり》にしましょうか」

いいことを考えついたという風に、芳賀がにっと笑った。

「二人羽織？」

田巻が真顔になった。

「どういうことです？」

芳賀はおにぎりを食べ終えると、きれいな翡翠色《ひすいいろ》の冷茶を一口飲んだ。

「ですから、患者さんとご家族には、俺が対応します。そして、あくまで執刀は小泉先生がされる。それでいかがです？」

「そんなこと……」

小泉ははっとして、芳賀の方を見た。芳賀はにこにこしているだけだ。不思議な色の美しい瞳が、じっと小泉を見つめている。

「そんなこと、できるはずがない。手術部の記録室で行う術後説明はどうするんだ。あれは執刀医でないとできない」

術後説明とは、手術直後に、手術部内にある記録室で家族に対して行われる説明だ。執刀医が、手術の過程と結果を説明するものである。場合によっては、切除標本なども示すことがある。

「それなら、俺が前立ちをやるよ」

前立ちとは、手術における第一助手をいう。手術を受ける患者を挟んで、執刀医の前に立つため『前立ち』と呼ばれるのだ。

「それならいいだろ。確かに、執刀は小泉先生だが、その手術を一緒にやっているんだ。

術後説明はできる。俺だって、心臓外科医の端くれだ。手術を目の前で見ていれば、その説明くらいできるよ」

「いやしかし、それでは……っ」

小泉はびっくりしたように言った。

「それでは、あまりに芳賀先生に失礼だ……っ」

フリーランスでやっている以上、芳賀は心臓外科医として、自分の腕に自信を持っているはずだ。ある意味、大学医局に守られていた小泉よりも、自分の腕一本で生きている分、自負は強いはずである。

「何言ってんだよ」

芳賀はあははと明るく笑っている。

「俺がいいって言ってんだぜ？　ここでの契約は歩合じゃないんだ。手術の執刀数で、ギャラは変わらない。それなら、楽な方がいいって」

そして、彼はすっと立ち上がってしまう。きれいに食事を平らげて、お茶も飲み干し、満足げに。

「じゃあ、田巻先生、そういうことで。とりあえず、急ごしらえの二人羽織ですが、今回は緊急事態です。これでいきましょう」

「芳賀先生……っ」

思わず立ち上がろうとした小泉の方にすっと手を伸ばして、芳賀は、そのさらりとした艶《つや》のある髪に触れるぎりぎりで指を止めた。

「……慌てることはない。少しずつ……前に進めばいい」

そして、彼はさっと手を振って、レストランを出ていった。そのすっきりと伸びた背中を見送って、田巻が少し困ったように笑う。

「……参りましたね。小泉先生を、冬木くんに代わって守らなければならないと思っていたのに」

「私を守る?」

小泉は、また一瞬だけ田巻を見つめる。黒々と濡《ぬ》れた瞳と視線がぶつかって、田巻は少し困ったような顔をしていた。

「小泉先生、不思議なことですが、私よりも芳賀先生の方が、あなたのことをわかっているようです」

そして、田巻も立ち上がった。

「さて、それでは、芳賀先生の悪巧みに加担してきましょう。私は……少し急ぎすぎたようです」

「急ぎすぎた?」

小泉は、明るすぎるテラスから射《さ》し込《こ》む光にまぶしそうに目を細めた。

「どういうことでしょうか」

白い小さな顔。ほっそりとした華奢《きゃしゃ》な身体。可憐《かれん》と言ってもいい繊細な容姿の中に、天才的な心臓外科医が潜んでいる。小泉を一目見た者たちのうち、いったい何人がそれを見抜けるだろう。

「いえ、こちらのことです」

田巻はすでに穏やかな表情を取り戻していた。

「小泉先生、しばらくの間、先生には外来師長を介助としてつけることにしましょう。先生は診療に集中してください。患者さんに対するフォローは彼女がします。そして」

一瞬だけ、老獪《ろうかい》な院長の顔が覗《のぞ》く。

「彼女から、民間病院のやり方を学んでください。少しずつで構いません。大学病院ではなく、民間病院の診療の仕方を学んでください」

「民間病院の診療……」

そして、田巻は静かに背を向けて、レストランを出ていったのだった。

ACT 3.

「先生、お世話になりました」

　患者が家族と共に、ぺこりと頭を下げる。六十代の男性患者は、入院した時と別人のように生き生きとしていた。顔色も良く、姿勢もいい。失神発作を恐れなくなったためだろう。動作の一つ一つに自信が見える。

　大動脈弁狭窄《きょうさく》症の場合、経過観察になる場合と手術になる場合の分かれ道は、失神発作だ。大動脈弁が硬くなり、狭窄することによって、全身に血液が回りにくくなる。そのため、失神発作が起きるのだ。

「あんまり、急に無理しないようにね」

　にこにこと患者を見送るのは、主治医となっていた芳賀《はが》だ。

「先生に診《み》ていただけてよかったです。安心して、手術できました」

　ぺこりと再び頭を下げて、患者は家族とエレベーターに乗る。その扉が閉まるまで、ひらひらと手を振っていた芳賀が、扉が閉まると同時にくるっと振り向いた。

「小泉《こいずみ》先生、何も隠れなくたっていいじゃない」

「……別に隠れてない」

オープンカウンターになっているナースステーションの端っこにいた小泉が、少し不機嫌な表情で顔を出した。芳賀がくすっと笑う。

「患者さん、見送りに来たんでしょ。堂々と顔出せばよかったのに」

「嫌味か」

結局、小泉がもめた患者は、芳賀に主治医を交代した形になり、手術の執刀は小泉が行うという二人羽織《ににんばおり》で切り抜けることになった。たった今、その患者は満足して退院していったというわけである。

「嫌味なんかじゃないよ。小泉先生、世渡り下手そうだよねぇ」

芳賀が言った。

「いや、そんなことないか。世渡り下手だったら、冬木《ふゆき》教授とか田巻《たまき》先生に可愛《かわい》がられたりしないか」

「……そんなことは知らない」

小泉はすっとナースステーションから滑り出て、病棟の廊下を歩き出した。

至誠会《しせいかい》外科病院の病棟は、手術部と同じく、ドーナツのような構造をしている。建物の真ん中にナースステーションとＩＣＵがあり、一般病室がそのまわりをぐるっと囲むような形になっている。外科病院の名の通り、病棟はすべてが外科系だ。内科は外来のみで、入院はとっていない。内科で入院になる場合は、他の至誠会系列の病院に回すことになっている。

「どこ行くんだ?」

エレベーターはナースステーションの前にある。小泉はエレベーターには乗らずに、階段の方に向かっていた。

「今日は手術も早めに終わったし、術後管理も終わったから帰る」

「あ、じゃあ、俺も帰ろう」

医師たちの部屋である医局は、病院の最上階である十階にある。さすがに役職者以外は個室というわけにはいかないが、他院のように、内科系、外科系で大雑把に大部屋にまとめられているわけではなく、心臓外科、整形外科、脳神経外科、消化器外科という風に、細かく各科に分かれて、それぞれの医局があるので、一部屋に五、六人の常勤医と非常勤二名分くらい、合わせて八個くらいのデスクが並んでいる感じだ。他に、ふかふかのベッドが入っている仮眠室が五室、広いロッカールームと、こちらも至れり尽くせりである。

その分、がっつりと働かせられもするのだが。

「でも、ここ六階だぜ?　十階まで階段で上がるのか?」

「嫌だったら、ついてくるな」

小泉はエレベーターが苦手だ。さすがに一階の外来から医局に上がる時は使うこともあるが、だいたいは病棟などを経由して、階段で上がる。

面識のない人間と狭い個室にいることが耐えられない。体調によっては、叫び出しそうになる。同じ理由で、飛行機も苦手だ。乗れないことはないのだが、海外に行かなければならない時は、わざわざトランジットのあるルートを選ぶ。時間がかかってもいい。できるだけ、細切れに飛行機から降りたいのだ。

「いや、医者って意外と運動不足だからな。いいかも」

「ちなみに、階段昇降は運動のうちに入らない」

階段の踊り場ごとに窓があり、薄いブルーに晴れていた空が、少しずつ少しずつ薄紫に変わろうとしていた。細い筆で描いたような雲が淡いピンク色に輝いて見える。

「明るいうちに帰れるなんて、めずらしいよな」

芳賀が嬉《うれ》しそうに言った。

「喜んではいられない。手術が二件も延期になった。後が怖い」

小泉は冷静に答える。

ここの手術室は稼働率が九十パーセント超えだ。はっきり言って、化け物級の稼働率である。ここに緊急手術を突っ込むと、手術終了が深夜に及ぶこともめずらしくない。こんな時間に帰れるということは、当然後にしわ寄せが来るということなのである。

「いいじゃん。今日はとりあえず帰れるんだからさ」

芳賀はのほほんと言った。

「というわけで、小泉先生、飲みに行こう」

「は？」

いつの間にか十階についていた。医局は階段室からすぐだ。二人は同じ心臓外科の所属なので、当然医局も一緒である。

「何で、私が芳賀先生と飲みに行かなきゃならない」

「うーん……」

真面目《まじめ》に考えているらしい。

「とりあえず、今回のお礼？」

小泉は黙り込んだ。

田巻に言われて、小泉は介助についてくれているナースの言動を観察することから始めた。ベテランといわれている師長だが、外科系だけあって、まだ若い。彼女は、患者を呼び込むと、まず挨拶《あいさつ》をする。患者の名前を確認しながら、さりげなく小泉を紹介し、自分も名乗る。そして、小泉のミニマムで素っ気ない言葉を丁寧にかみ砕いて、患者にわかりやすい言葉で話し、常に患者から視線を離さない。

ここまでしなければならないのかと、正直、頭が痛くなった。きっちり手術を仕上げればいいじゃないかとも思った。しかし、田巻はそうではないという。田巻の意思をくみ、二人羽織などという、彼にとっては屈辱としか思えないことを提案し、きっちりとその役割を果たしてくれた芳賀も、田巻の考えを理解しているのだろう。

「……わかった」

もしかしたら、これからもこういうことが起こるのかもしれない。

小泉は自分を変えられない。他人と接するのが怖い。傷つけられることが怖い。傷つけることも怖い。できることなら、ずっと家に引きこもっていたい。

しかし。

〝私は……人の命を救わなければならない。一つでも多く、この手で〟

それは、小泉が自分自身にかけた呪《のろ》いだった。

〝一度は血に濡《ぬ》れたこの手で、私は……〟

「じゃ、まずは着替えてからだ。俺、シャワーも浴びるから、医局で待ってて」

にこにこといつもの笑顔で言って、芳賀はロッカールームに消えていった。

洒落《しゃれ》た木の扉は、少し秘密の匂《にお》いがした。

扉の取っ手に引っかかっている小さな『open』のプレートを見逃すと、そこが店であることもわからない。個人の住居と言われても納得できそうなこぢんまりとしたエントランスの奥は、ちょっとびっくりするくらい広かった。スツールの並んだバーカウンターとオーバルの大きなテーブルを囲んだ席。奥の方には、二人掛けのテーブル席がいくつかあるようだ。店内はブラウンと深いグリーンで統一されていて、シックな雰囲気である。

「いらっしゃいませ」

バーカウンターの中から、低く甘い美声が聞こえた。

日本語がすらっと出てくるのが不思議なくらい色素の薄い、日本人離れした容姿のマスターが迎えてくれる。

「カウンターでも、テーブルでもお好きなお席で」

「えっと、先生、どっちがいい？」

芳賀が振り向いた。小泉はふるふると首を横に振る。

「どちらでも」

「じゃ、テーブルにしよっか。その方が先生、いいでしょ」

この店のテーブル席は、バーカウンターやオーバル形のテーブルから一段上がったところにあった。間に薄いカーテンのようなものが下がっていて、エントランスからは見えづらくなっている。

テーブルは四つあって、二つくっつければ、四人掛けにもできる。クロスはかかっておらず、少しアンティークっぽい深い色合いがいい味を出している。

「先生、がっつり食べたい？　それとも軽くいく？」

「ここは何の店なんだ？」

テーブルについて、小泉は低い声で尋ねた。

「一応、スペインバルですかね」

すっと音もなく近づいてきたマスターが答えてくれた。水の入ったグラスをのせたトレイと今日のおすすめを書いた小さめの黒板を持っている。

「まぁ、ご希望があれば何でも作りますが」

「先生、お酒飲める人？」

芳賀が尋ねてきた。小泉は頷《うなず》く。

「たしなむ程度なら」

「了解。じゃ、ワインにしよう。ドンナフガータ・アンシリア……あるよね」

「そうなると、がっつり系より少しさっぱり系のメニューが合いますね。よろしいですか？」

金髪というほどではないが、マスターの髪は明るい栗色《くりいろ》だった。瞳《ひとみ》の色も明るく、顔立ちは明らかに向こうのものだ。しかし、操る言葉は滑らかで、まったく違和感のない日本語である。

「メニューはまかせる。食べられないものはないから」

少しうつむいて、早口に言った小泉に、芳賀は頷いた。

「じゃ、とりあえず、パンコントマテとエビパン、鱈《たら》とじゃがいものコロッケ、あとカポナータ、それと……カタラナのオムレツ」

「今日はフォアグラ、あるけど？」

芳賀の目がキラッと光った。

「ブリュレ？」

マスターが頷いた。

「じゃ、それも。とりあえず、そんだけで」

「了解。少々お待ちを」

マスターがすっと去っていき、小泉は改めて、店内を見回した。

カウンターにもテーブルにも、それなりに客が入っているが、うるさい感じはしない。店内に流れているのは、柔らかなヴァイオリンで、スペインバルというより、カジュアルフレンチのイメージだ。

「あなたの行きつけか？」

さっきのオーダーの仕方は、明らかに常連ぽかった。小泉の問いに、芳賀はまぁそうかなと頷いた。

「俺、意外と行動範囲狭くてさ。行く店って、結構決まってんの。ここは自宅からすぐだから、よく来る……ってか、家に帰ってくる時は、必ず来てるかも」

「家に帰る？」

聞き返してから、ああ、こいつはフリーランスで、勤務先をあちこち変えているんだと思い至った。

「お待たせいたしました」

今度はマスターではなく、白いシャツに黒のタブリエという姿のハンサムなウエイターがワインと料理を運んできた。

目を閉じた女性の顔のイラストが印象的なエチケットだ。グラスに注ぐとふわっと花と甘い果実の香りが立つ。バゲットにニンニクとトマトを擦《こす》り付《つ》け、オリーブオイルをさっと回しかけたパンコントマテは、スペイン・カタルーニャ地方で食べられる簡単なおつまみだ。きれいなピンク色の生ハムが添えられている。そして、野菜の煮込みであるカポナータ。パプリカの黄色が鮮やかだ。

「んじゃ、とりあえず」

お互いにグラスを手にする。

「乾杯」

「お疲れ様です」

まったく嚙《か》み合《あ》わない言葉を口にして、グラスを軽く触れ合わせる。チリンと澄んだ音がした。薄いグラスは口当たりがいい。甘い香りのワインだが、口に含むと意外にキリッとした辛口である。

「ここ、料理も美味《うま》いからさ」

小泉はフォークを取り、カポナータを口に運んだ。

「……野菜が甘い……」

カポナータは野菜をオリーブオイルとニンニク、トマトペーストで炒《いた》めたものだ。水がまったく入らないので、くったりとした野菜は、野菜そのものの水分で炒め煮になっている。

「砂糖の甘みじゃない……」

「ものによっては砂糖も使うみたいだけどな。ここは基本的に使わないよ」

パンコントマテも、いいオイルを使っているらしく、さっぱりしている。生ハムも塩気が強すぎなくて、きりっとした白ワインによく合う。

「うん……確かに美味《お》しい」

小泉は頷き、ちらりと喜色を浮かべた。

小泉はいまだに実家から通勤している。車で片道一時間近くかかるので、病院からは、できたら近くに転居してもらいたいと言われている。オンコールに応じるのに、時間がかかりすぎるからだ。実家では、母の手料理を食べているわけなのだが、フルタイムのナースとして働く母は忙しく、なかなか小泉と生活時間が合わない。結局、作り置きをあたためて食べるようなことが多く、作りたての料理というだけで、少しテンションが上がってしまう。いつも緊張して、少し青ざめても見える白い顔に微《かす》かに血の気が差して、人形に命が宿る風情だ。黒々といつも濡れているような大きな目が、芳賀の方をちらりと見た。

「うわぁ……」

芳賀がなぜか奇妙な声を出した。小泉は小さく首を傾《かし》げる。

「……どうした？」

「いや……ちょっとした衝撃が」

ワインをがぶりと飲んで、芳賀はふうっと息をついた。

「……あんたさ」

「小泉」

小泉は叩《たた》き落《お》とすように言った。

「芳賀先生に『あんた』呼ばわりされるいわれはない」

「ああ、ごめんてば」

芳賀は苦笑していた。男っぽい彫りの深い顔に、そんな大人っぽい表情は、腹が立つくらいよく似合う。

「小泉先生、いつもそうやって笑ってれば可愛いのになぁ」

「……………」

小泉の手がぴたりと止まった。ゆっくりとぎこちなく、芳賀から視線を外す。

「あれ……怒った？」

芳賀がのんびりとした口調で言った。手酌でワインを注ぎ、小泉のグラスにも注ぐ。

「東興《とうこう》のメスを握る天使って、あんた……小泉先生のことだろ？」

小泉はグラスを少し乱暴に摑《つか》んだ。ぐっとワインを飲んで、けほっと小さくむせる。

小泉がこの前まで所属していたのは、東興学院大学だ。幼稚園から大学まである私学の雄《ゆう》で、特に医学部は高いレベルを誇っている。外部からの受験より、内部進学の方が楽なのが私学エスカレーター校の利点の一つだが、医学部に関してだけは、その内部進学がとても難しい。さすがに、外部受験と同じ一斉試験は受けなくてもいいが、校内選抜がとても厳しく、最低でも学年トップ二十にはいないと安心できず、理系科目はもちろん、英語のレベルが低いとアウトだ。博士号をとるのが、すでに基準になっているのである。

「いえ」

小泉は短く、低く答えた。

『東興のメスを握る天使』……そんなあだ名をつけられたのは、いったいいつだったのだろう。学生の頃から、性別も年齢も不詳と言われ続けてきた。白い小さな顔は繊細に整っていて、どこから見ても美しく、ほっそりとした華奢《きゃしゃ》な身体《からだ》は、頭身のバランスが整っている上、高校に入ってから始めたフェンシングで鍛えられていて、実は質のいい筋肉でしなやかに覆われている。

冬木が率いる心臓外科ユニットに入って、小泉は一気に頭角を現した。生来の器用さと頭の中で人体の立体図を完璧《かんぺき》に描ける才能、ずば抜けた動体視力。そして、強い生への執念。すぐに手術室に呼ばれるようになり、第三助手から始まって、わずか一年で、冬木教授の第一助手を務めるようになった。

初めて執刀したのは、手術室に入って、まだ二年にもならない頃だった。それが、今も専門としている心臓弁膜症の手術である、大動脈弁置換術だ。若手心臓外科医が初めて執刀する手術としてはポピュラーなものだったが、これほど奥が深く、いくらでもテクニックを高めていける手術はない。冬木はこの手術の第一人者であり、誰よりも早く、正確に、患者に生をもたらす医師だった。彼は、自分の正統な後継者として、小泉に自分の持つすべてのテクニックを伝授してくれた。

公開手術を好まなかった冬木に代わって、当然のように、小泉は冬木に伝授された最高のテクニックを披露し続けた。見学室からの見学を受ける公開手術もあったし、ライブ配信での公開手術もあった。

手術帽とマスクの間から覗《のぞ》く、黒々と濡れた大きな瞳。手術を終え、マスクを外すと、

小泉の白い小さな顔が露《あらわ》になる。その繊細な美しさと神業めいたメスさばきから、いつの間にか、小泉に『メスを握る天使』のあだ名がついた。

「先生、亡くなった冬木教授の秘蔵《ひぞ》っ子《こ》って言われてただろ?」

お待たせしましたと、あたたかい料理が届いた。エビのペーストをたっぷりとパンに塗り、ひまわり油でからりと揚げ、さらにオーブンで焼いたエビパン。からっと揚がった鱈とじゃがいものコロッケはまん丸で、まるでたこ焼きのように可愛い。カタラナのオムレツは、ほうれん草とレーズン、生ハムの入ったオムレツで、くるっと巻くタイプではなく、フライパンの大きさそのままに丸く焼いてあるのが、スペイン風だ。

「ま、話は食べながらにしようぜ」

アメリカで暮らしていたという芳賀は、料理の取り分けが上手《うま》かった。さっとオムレツを二つに切って、取り皿に分けてくれる。

「……ありがとう」

ワインを飲みながら、食べる料理はみな美味しかった。スパニッシュフード独特のニンニクとオリーブオイルはたっぷりだが、質がいいものらしく、もたれる感じはしない。

「……確かに、冬木先生には可愛がっていただいた」

小泉は淡々と答えた。

「冬木先生は、私の父と知り合いだったからだろう」

「先生のお父さんって、ハンブルク大学の小泉教授だろ？」

さらっと言われて、小泉の手がぴたりと止まった。すっと顔を背ける仕草。

「……ええ。よくご存じで」

「心臓外科やってて、知らないやついるかよ」

からりと言って、芳賀はコロッケを摘まんだ。上にかかっているアイオリソースがちょうどマヨネーズのようで、まるきり見た目はたこ焼きだ。

「でも、冬木教授は、知り合いの息子だからって、えこひいきするような人じゃないと思うけど。俺、直接は指導とか受けたことないけど、学会とかで見聞きする限り、自分の弟子であろうが、なかろうが、いいものはいいと言うし、よくないものはよくないと言う。そういうタイプの人って気がした」

「………」

「その冬木教授に可愛がられて、その年で、東興の准教授まで駆け上がったんだろ？　俺、小泉先生の手術ライブ見たことあったから、冬木教授が亡くなったって聞いた時、ああ、あの愛弟子《まなでし》が後を継ぐんだなって思ってたぞ」

小泉はひたすらワインを飲んでいた。あっという間にボトルが空いてしまい、二本目をオーダーする。

「この前、先生の手術、目の前で見て、やっぱりすげぇと思ったよ。俺も腕には自信あるけど、あんたの手術はすごい。あのテクニックを東興に残さなくていいのかよ」

「また、あんたって言った」

小泉はちらりと上目遣いに、芳賀を見た。

決して酒は弱くないのだが、食べる量より明らかに飲む量が多いので、酔いが回っている気がする。目のまわりが妙に熱いし、何となくろれつの回りが怪しい。

「あんた……目が赤いぞ」

芳賀が少し困ったような顔をしている。不思議な色の瞳が細められて、何だかとても優しく小泉を見ている。

「大丈夫か？」

「……あんたって……言うな」

小泉はぼそりと言った。

「大学のことなんて……知るか。向こうが私を……選ばなかったんだ。冬木先生のテクニックは、他の医局員だって目にしている。私でなくても……いいと思ったんだろう」

「あんたさ……」

芳賀は手を伸ばして、小泉のグラスにワインを注ぎ足《つ た》した。

「もしかして、傷ついてるのか？」

深く優しい声だった。彼の声は変幻自在だ。初めて会った時の妙に甘い声にもびっくりしたが、その後のからっとした明るい声、患者に向かう時のよく響く、説得力に満ちた声、そして、今のように深く柔らかな声。

彼はその声と、不思議な色の美しい瞳で、小泉の中にするりと滑り込んでくる。今まで、言ったことのない言葉を、小泉から引き出していく。

「傷つく……？　傷ついてなんか……いない。もともと……父がいなかったら……冬木先生がいなかったら……私は……」

すっと手が滑って、グラスを倒しそうになった。ぱっと手を出して、芳賀がグラスを押さえてくれる。

「先生たちがいなかったら……あんたはどうした？」

気のせいだろうか。向かいからすっと長い手が伸びて、小泉のさらさらと滑らかな髪を撫《な》でてくれているような気がした。

「あんたは……やっぱり、あんただと思うぞ」

耳になじむ優しい声を最後に、小泉はことりとテーブルに頭を落としていた。

熱い。瞼《まぶた》が熱い。頭がぼんやりしていて、少し頭痛がする。

〝ここ……〟

ゆっくりと重たい瞼を開いた。視界にあったのは、見慣れない天井。白いボード張りの天井だ。

〝どこ……〟

自分の部屋なら、薄いグリーンのクロス張りだ。

〝ホテル……？〟

出張に行くのは学会の時ぐらいだったが、今はその時期じゃないし、しばらくは顔を出したくないなぁと思う。

〝だめだ……考えられない……何も〟

酒の酔いだと、やっと思い当たった。いつもよりずっと思考速度が落ちている。

酒は弱い方ではないのだが、あまり飲む機会がない。大学にいた頃は、冬木がたまに食事に連れていってくれることがあったが、昼食ばかりだったので、酒を飲むことはなかった。

〝飲み会に行ったことなんて……なかったし〟

人と接することが苦手だ。何を話していいのかわからない。志築《しづき》くらいつき合いが長ければ、少しは話もできるが、それ以外はだめだ。冬木と食事をする時のように、一対一であればまだ何とかなるのだが、相手が複数だと、軽いパニックを起こしてしまう。冷や汗と吐き気が止まらなくなり、気を失いそうになる。

そのパニック発作が、あの恐ろしい記憶の後遺症ではないかと思い当たったのは、医学部に入学し、精神科の講義を受けた時だった。小泉は一対一で、しかも間にテーブルなどの距離を取れるものを置かないと、話すことができない。相手に触れられるなど、言語道断だ。学生時代から、ふいに肩や背中を叩いてくる同級生などがいると、片っ端から払いのけるので、そのうち、誰も傍《そば》に近づかなくなった。

「あんたの手……本当にきれいだな」

無意識のうちに、天井に触れようとでもしたのか、すうっと上に伸ばした手を、誰かのあたたかな手がそっと包み込んだ。

「指がすらっと長くて、ものすごくきれいだ。こんなにきれいな手をしているのに、手術の時の力、結構すごいよな。びっくりした」

甘い声が耳元でささやいている。語尾が甘く聴覚の中に溶けていく。不思議と不快感のまったくない、滑らかで優しい声音だ。その最後のひとしずくが、小泉の手のひらに吸い込まれた。ふわっと手のひらが一瞬あたたかくなる。

「それに……ずっと思ってたんだけど、あんたの髪って、つやつやでさらさらだな」

髪を撫でられた。指の間から、さらさらの髪をこぼすように幾度も幾度も。

「すげぇ……可愛い」

その一言が耳元にささやかれた瞬間、はっと我に返った。飲みすぎたワインの酔いが一気に引いて、意識が冷える。

『可愛い』『可愛い』『可愛い』……。


ニューヨークの夜。生ゴミの臭う汚い路地。詩音《しおん》は下半身を裸にされ、両足を大きく広げられて、男の下にいた。

詩音のまだ幼さの残る性器を弄《いじ》りながら、男たちが笑った。

『可愛いのがついてる』

『可愛い悲鳴だな。ほら、もっと叫べよ』

二人の大男たちに押さえつけられ、そのうちの一人が信じられないくらい大きなモノをむき出しにして、目の前に見せつけてきた時、詩音は自分が何をされるのか、わかってしまった。男がにやつきながら、詩音のきつく締まった窄《すぼ》みを無理矢理に指で広げる。濡れるはずもないところに強引に指を入れてくる。

「い……いやだぁ……っ！」

『おお、可愛い声だ。聞いていたいが……コトが済む前に通報されると困るな』

口を塞《ふさ》がれた。足をばたつかせようにも、思い切り広げられ、男がその上に乗ってしまっているので、抵抗もできない。

『……きついな』

男が詩音を指で犯しながら、にやついた声を出している。

『たまんねぇ……。この可愛いところで、俺を絞り上げてくれよ』

「痛い……っ！　やめて……っ！　痛い……っ！」

『可愛いくせに意外に生きがいいな。おい、しっかり押さえてろ。殺すなよ』

『おまえこそ、犯《や》り殺《ころ》すなよ』

「……っ！」

詩音の目が裂けるほどに見開かれた。今まで感じたことのない激痛に、声さえ出ない。

男のいきり立ったモノで犯される。それも並の大きさではない。

「……っ！」

裂けてしまう。あまりの痛みに反射的に抵抗しようとするが、ナイフが喉元《のどもと》に食い込んでいては、それもできない。涙がぼろぼろとこぼれる。

『……うう……すげぇ……』

詩音を犯している男が、腰を揺すり始めた。詩音のむき出しの尻《しり》を両手でぐいぐいと揉《も》みしだきながら、腰を蠢《うごめ》かす。

『ああ……いい……いいぞ……。可愛いお尻だ……。可愛い……ぞ……』

太股《ふともも》に生暖かいものが滴る。痛みはすでに極限を超えようとしていた。気を失ってしまえば、いっそ楽になるのかもしれないが、気を失うことも許されない。喉を掻き切《かき》ろうとしているナイフで、下半身も切り開かれているようだった。

『う……うう……いい……いい……』

男が呻《うめ》きながら、詩音を揺さぶる。そして、思い切り腰を突き出して、詩音の中にすべてを吐き出した。出し終わってからも、まだ腰を蠢かして、詩音の中を犯し続けている。

『おい、早く代われよ』

詩音にナイフを突きつけていた男が、自分もジーンズのファスナーを下ろしていた。

両足の間と身体の中を汚された詩音は、うつろな目で男たちをただ見ていた。

『可愛こちゃん。今度は俺を楽しませてくれよ』


笑いながら、小泉を陵辱した男たちがいた。

『可愛いのがついてる』

『可愛い声だ』

『可愛い』『可愛い』……。

そう嗤《わら》いながら、まだ少年だった小泉をレイプした男たちが。

英語と日本語の違いはあったが、英語もネイティブ並みに扱える小泉にとって、違うのは言語だけで、ニュアンスはまったく同じ速度で伝わってくる。

「何を……っ」

その時になって、やっと自分が見知らぬベッドに寝かしつけられていることに気がついた。道理で、見慣れない天井が視界にあったわけだ。

「何だ……目が覚めた？」

びっくりするくらい至近距離に、宝石じみたグレイッシュパープルの瞳があった。そして、彫りの深い、整った目鼻立ちのハンサムな顔。いつもはからっとした明るい笑顔の彼が、見たこともないほど甘く微笑《ほほえ》んでいた。不思議な色の瞳は、間近で見ると、本当に透き通る水晶のような感じで、吸い込まれてしまいそうだ。

「もっと……眠っていていいのに」

広い清潔なベッドで、小泉はフェロモンの塊と化した芳賀の腕枕《うでまくら》で眠っていたのだ。ワインの香りのする吐息が、小泉の首筋を撫でる。着ていたはずのジャケットはなく、薄手のコットンのセーターとお腹《なか》を楽にするためなのか、ボタンを外されたチノパンという姿で、ベッドに横たわっていた。

〝何で……？〟

意識だけはかっちり戻ったので、起き上がろうとしたが、身体の酔いが抜けていないらしく、指一本上げるのもだるい。それでも、このままここにいることはできない。頭の中で、警報が鳴り始めている。

ここにこのままいてはいけない。何かが起きてしまう。いや、すでに何かが起きようとしている。

「離せ」

ふわっと柔らかく、彼の腕が絡んでくる。腕枕をしていた手で、そのまま小泉を引き寄せてくる。

〝いったい、何なんだ……っ〟

「こんなに近くで見ても、本当にきれいなんだな……。遠くから見てた時も、一緒に手術室に入るようになってからも、きれいだなぁとは思ってたけど」

「離せ……っ」

「うーん、せっかくここまできたんだから、離したくないなぁ」

言葉がまったく通じない。

小泉の意識は完全に起きているのだが、身体に酔いが残っている。芳賀の方はどうやら逆のようで、繊細に小泉の柔らかい肌を探る指に酔いは感じられないのに、美しい瞳がとろりと潤んでいて、彼は意識の方が酔っ払っている感じだ。

「……っ」

彼の手がするっと、セーターの中に滑り込んできた。外科医の手は爪《つめ》が短く切り詰められていて、指先まできちんと手入れが行き届いている。患者の身体に直接触れる手だ。手の荒れはまったくなく、滑らかな指先が、小泉のまだ少し熱い肌に触れ、その手触りを楽しむかのように、羽根のような感触で優しく愛撫《あいぶ》している。

「その手を……離せ……っ」

身体がだるい。口でしか抵抗ができないのがもどかしい。

頭ががんがんしている。耳鳴りがうるさい。いくらきつく目を閉じてもめまいが止まらない。吐き気がする。身体が冷たい。気分が……悪い。

「……大丈夫だから」

彼がそっと優しい声でささやいた。

「大丈夫……俺だよ」

そして、身体を硬くしたままの小泉を柔らかく抱きしめると、軽く額にキスをした。セーターの中に滑り込んだままのあたたかな手が、引き締まった腹から胸へと撫で上げてくる。

「俺だよ……わかる？」

頰《ほお》にキスをされる。触れるだけのキスだ。それでも、小泉の神経はぎりぎりと削られていく。

怖い。怖い。逃げ出したい。僕に触れるな……っ！

「そんなに……怖がらなくていいから。怖いことはしないから……」

彼の声はあくまでも優しく、耳からとろけそうなくらい甘い。耳たぶにキスをされ、吐息とささやきを吹き込まれて、身体の奥がひくりと疼《うず》いた。

〝な……に……？〟

繰り返し、そっと胸を撫でていた指先が軽く、ぷくりと膨らんでいる乳首に触れた。

〝……っ〟

無意識のうちに、びくんっと肩が震える。彼の意外に繊細な指が、小さな蕾《つぼみ》のような乳首の先をそうっと幾度も幾度も撫でた。

「あ……っ」

思わず声が出てしまった。気持ちがいいとか、快感だとか……そういうことではなく、ただ声が出てしまった。一言で言うなら……『感じて』しまった。自分の声の意外な甘ったるさに、小泉は恐怖を覚える。

この身体は触れられることで、愛撫されることで感じてしまうのか。だから。

〝見も知らない男たちを……この身体は誘ったのか……？〟

まるで、蜜《みつ》に群がる蜂《はち》のように、あの男たちは小泉の身体にむしゃぶりついてきた。そして、憑《つ》かれたように行為を続けた。きっと……小泉が死んでしまっても、彼らは気づかなかったに違いない。それほど、あの行為は異常だった。

「やめ……ろ……」

声がかすれる。喉がきゅうっと締まって、声が出なくなっている。それでも、彼の指にこの身体は『感じて』しまっている。さっきまでよりも少し大胆に、彼の指は小泉の胸を這《は》い、両方の乳首を代わる代わる軽く摘まみ上げて、きゅっと指に力を込めて揉んでくる。その度に肩は震え、腰までも少し浮いてしまう。

小泉がひくひくと身体を震わせ、感じていることがわかるのだろう。彼の片腕がするりと小泉の細い腰に回った。すでにゆるめてあったチノパンの腰の方からすっと中に手を入れ、下着の上からお尻を軽く摑まれた。

「……意外にしっかり鍛えてる？　お尻とかきゅっとしてる」

彼がくすっと笑った。ぼんやりとした視界の中で、彼の少し厚めでセクシーな唇が微笑んでいる。

「キス……したい」

鼻先にキスをしながら、彼がねだる。

「あんたと……キスしたい」

そして、彼の手が小泉の下着の中に入ってくる。柔らかい草叢《くさむら》を分けて、その中に身を潜めているものをゆっくりと手のひらの中に。

〝やめ……ろ……っ！〟

心は壊れそうなくらいに拒んでいるのに、そこは蜜を含み、とろりと彼の手のひらを濡らし始めている。軽く揺すられると、腰から下がじんと痺《しび》れた。顎《あご》が微かに上がり、唇が薄く開く。

目の前にある彼の瞳に、吸い込まれそうな恐怖。そして、淫《みだ》らな反応を示して、暴走し始めている自分の身体への恐怖と嫌悪。

「……っ」

彼の吐息が重なってくる。唇の合わせ目を軽く舐《な》められる。唇が触れそうになる。

「キス……するよ」

彼に強く抱き寄せられ、下着の中で目覚め始めたものをきゅっと握り込まれて、ついに小泉の心は崩壊した。

力なく目を閉じて、意識を手放したのだった。

ACT 4.

目が覚めたのは、心地よいコーヒーの香りのせいだった。

「いい匂《にお》い……」

コーヒーは好きだ。自宅では、心を落ち着けるためにも、手動のミルでお気に入りの豆を挽《ひ》き、一杯ずつ丁寧にハンドドリップでいれる。

「この匂いは……ブルーマウンテンだ……」

小泉《こいずみ》はゆっくりと目を開けた。

「あ、気がついたか？」

わずかに喜色をにじませた声がして、小泉はベッドサイドを見る。

「芳賀《はが》先生……？」

そこには、しゅんと塩をかけた青菜のような表情をした心臓外科医がしょんぼりと座っていた。

「あの、コーヒー飲むか？」

「……ええ」

小泉はベッドから起き上がった。少し頭がふらつく。

〝二日酔いか……〟

「あの……身体《からだ》、大丈夫か？」

コーヒーをサーバーから注いでくれながら、芳賀が恐る恐る尋ねてきた。

「身体？」

おうむ返しに言ってから、小泉ははっとして、自分を見下ろした。

薄いグリーンのセーターは着ていたが、かなり大胆にめくり上げられていて、お腹《なか》のあたりまで見えている。そして、チノパンも穿《は》いてはいたが、ボタンは外され、ファスナーも下げられていて、その下の下着も中が見えそうなくらいぎりぎりまでずり下げられていた。とりあえず、下着を上げ、チノパンの前を留める。めくり上げられたセーターの中を恐る恐る覗《のぞ》くと、はっきりとはしないが、薄赤いうっ血の痕《あと》が、まるで花びらのように乳首の近くにいくつか散っていた。

「……何をした」

昨夜の記憶は途中で途切れていた。ゆっくりとセーターを元に戻し、小泉は芳賀が渡してくれたぽってりとしたマグカップを受け取った。ブルーマウンテンのいい香りが鼻先をくすぐる。一口飲むと、ふわっと甘く優雅な独特の風味が広がる。

「……あなたに襲いかかられたところまでは覚えている」

「お、襲いかかったって……そんな身も蓋《ふた》もない……」

芳賀が絶句している。ベッドの傍《そば》にもう一度どさりと座り、ちらっと小泉に視線を送った。すっかり酔いは醒《さ》めているらしく、宝石の輝きを持つ瞳《ひとみ》は、いつものように涼しげに澄んでいる。

「飲んでいる最中に寝ちまったことは？　覚えてる？」

「……そういえば」

ワインを二人で二本空けて、途中で記憶がなくなった。確か、小泉の母校であり、元の所属先である東興《とうこう》学院大学の話をしている最中に、突然眠気が来て、そのまま眠ってしまった。酒はそれなりに好きで、自宅で飲むこともあるのだが、飲んでいる最中に眠ってしまったのは初めてだ。小泉はカップ越しに、じろりと芳賀を見る。

「ワインに何か入れたのか？」

「お、おいっ！　何てこと言うんだよっ」

芳賀は本当に焦っているようだった。

「そんなの犯罪じゃないか……っ」

小泉の肩がびくりと震えた。

記憶が……恐ろしい記憶が一気に巻き戻されていく。

〝なぜ、僕は死なないんだろう……〟

代わる代わる男たちに何度も何度も犯されながら、詩音《しおん》は白くかすむ意識の中で、ぼんやり考えていた。男たちは、初めて見る東洋人のきめ細かい肌と少年らしく引き締まったしなやかな身体に夢中になっていた。いつの間にか下半身だけでなく、全裸にされていた。生ゴミの臭いのする地面に押さえつけられ、前からも後ろからも犯された。

『おい、もう逃げないだろ』

ぐったりと横たわり、うつろな目で自分たちを見上げている詩音に、男たちが言った。

『おまえも悪くないだろ？　結構気持ちいいんだろ？』

『……じゃあ、三人で楽しもうぜ』

男の一人が、詩音を四《よ》つん這《ば》いにさせて、後ろから挿入してきた。そして、もう一人が詩音の顎《あご》に手をかけてぐいと顔を上げさせる。

『ほら、お口が寂しいだろ』

むき出しにした下半身を顔に押しつけてくる。

『口開けるんだよ。歯なんか立てたら、首絞めるぞ』

『それもいいいな』

後ろから詩音を犯しながら、もう一人が笑う。

『前に、女とやったことあるんだけどよ。首絞めながら犯《や》ると、締め具合が全然違うんだ。ぐいぐい締めてきて、すげぇんだよ』

『ほら、口開けろよ……っ』

男が詩音の口を強引に開けさせ、膨れ上がった性器を押し込んできた時、詩音の目に奇跡が飛び込んできた。男たちは詩音を犯すことに夢中になるあまり、いつの間にか、ナイフを手放していた。その禍々《まがまが》しい光が詩音の目を射貫《いぬ》いたのだ。

「……っ」

口の中に、無理矢理男の性器を押し込まれながら、詩音は必死に手を伸ばして、ナイフを引き寄せた。そして、男たちに前後から揺さぶられながら、ナイフを握り直して。

『うわぁ……っ！』

思い切り刃渡りの長いナイフを振り回した。明らかな手応《てごた》えがあって、詩音に口淫《こういん》を強制していた男が仰向けにひっくり返った。

『お、おいっ！』

詩音は、後ろから犯されながらも、手を伸ばして、さらに前に倒れた男をナイフでめちゃくちゃに切り、刺した。

『だ、大丈夫か……っ』

自分を犯し続けていた性器からふいに解放された。血まみれになって、ぐったりした男をもう一人の男が慌てて抱き起こしていた。詩音は全裸の身体に返り血を浴びて、呆然《ぼうぜん》と座り込んでいる。もう自分が流した血なのか、相手の血なのかわからない。

『死んでる……』

男が言った。

『おまえが殺したんだ……』

『おまえが……殺したんだ。この……人殺し……』

自分は十五歳の時に、人を殺している。自分がレイプの被害者であるという事実以上に、殺人者であるという秘密の方が重い。その重みは年々増してきて、もう押しつぶされそうだ。小泉がかろうじて自分を保っていられるのは、この手で人の命を救い続けているという自負があるからだ。

「……ごめん」

ぺこりと芳賀が頭を下げた。

「ほんっとうにごめん！　眠ってるあんたが……すげぇ可愛《かわい》くてさ……つい」

「つい、何をしようとした」

『可愛い』。その一言を聞きたくなくて、小泉は低い声で芳賀を遮り、コーヒーを飲んだ。

「何をするつもりだった」

「えっと……」

「おはようございます」

そこに、小泉のものでも、芳賀のものでもない声がして、二人は同時にドアの方を見た。

「え……？」

そこに立っていたのは、すらりとした長身の男性だった。明るい栗色《くりいろ》の髪と瞳を持った、どこからどう見ても欧米人にしか見えないプロポーションとルックスの人物。

「昨日の店の……マスター？」

小泉は大きな目を見開いた。

「何で？」

「さっきから、行成《ゆきなり》の携帯鳴らしてたんだけど、全然応答がないから、呼びに来たんだよ」

彼は甘い柔らかな声で言った。

「目が覚めたなら、シャワー浴びて、店の方においで。朝ごはん、用意しておくから」

「え……？」

わけがわからない。首を傾《かし》げている小泉に、マスターはにこりと爽《さわ》やかに微笑《ほほえ》んだ。

「おはようございます、小泉先生。私は水本知成《みずもとともなり》と申します。姓は違いますが、行成の兄です」

「え？　え？」

「では、下でお待ちしていますので」

「し、下？」

水本は「何だ？　言ってないのか？」という顔をしてから、ふふっと小さく笑い、小泉の疑問符いっぱいの大きな瞳を見つめてから、静かに部屋を出ていった。

スペインバル『マラゲーニャ』のドアには、今日は何もプレートが下がっていなかった。

「ここ……マンションだったのか……」

昨日の夜、この店に来た時は、確かにビルの一階部分だとは思ったが、上がマンションになっているとは、気づかなかった。そして。

「まさか、この店の上に、あなたが住んでいたとはな」

小泉はドアの前でくるりと振り返ると、相変わらずぱつの悪そうな顔をしている芳賀を軽く睨《にら》んだ。

完全に目が覚め、ベッドルームを見回して、ここがホテルなどではないことに気づいた。ベッドサイドに置いてあるデジタル時計は、まだ午前七時。午前九時からの勤務には間に合うだろう。ここは勤務先からかなり近かったはずだ。

シャワーを浴びたいと要求すると、芳賀はバスルームに案内してくれた。こぢんまりとした造りではあるが、きちんとバスタブもあって、ちらっと見た雰囲気で、ここは２ＤＫくらいの広さのマンションだとわかった。比較的新しくて、きれいなマンションだ。小泉がシャワーから出ると、なぜか芳賀の髪もわずかに濡《ぬ》れていた。顔だけ洗ったのかと思ったが、きちんと着替えてもいたのが、少し不思議だった。

そして、ここは三階だと言われて、階段を下りることを選択した小泉の後を、芳賀はとぼとぼとついてきた。着いた先が、一階にあった『マラゲーニャ』だったのだ。どうやら、小泉がシャワーを浴びている間に、芳賀も階下に降りて、兄の店だというここでシャワーを浴びてきたらしい。

「いらっしゃい」

明らかに営業中ではないと思われる『マラゲーニャ』のドアを開けると、朝に聞いてはまずいような甘い声が迎えてくれる。

「……おはようございます」

カウンターには、すでにトレイが置いてあり、チーズの匂いがするサラダとフレッシュオレンジジュースがのっていた。

「サラダは、若鶏《わかどり》と紫キャベツ、ナッツのコールスロー。チーズは大丈夫ですか？」

「あ、ええ」

「卵はオムレツでいいですか？　スクランブルがご希望なら……」

「いえ。オムレツで」

「少しお待ちくださいね」

柔らかな微笑みと共に、水本がキッチンに引っ込んだ。いったん、小泉の隣に座った芳賀が立ち上がり、なぜかカウンターの中に入っていった。慣れた手つきで、戸棚から取り出したバゲットを切り始めたのには、驚いた。

「芳賀先生？」

「どれくらい食べる？　そのサラダ、パンにのせても美味《うま》いんだぜ」

パンを四枚切り、オーブントースターに入れて、あたためながら、芳賀は所在なげに、ちらりちらりと小泉を見ている。

「芳賀先生」

小泉はふいと視線をそらした。

「説明を求める」

「ええっと……何から説明すればいい？」

冷蔵庫から、白い陶器のバターケースを取り出しながら、芳賀が振り返った。焼き色がつく前にパンをトースターから出してナプキンを敷いた皿に並べ、バターケースから出したきれいに丸めたバターのボールを添える。

「私からご説明しましょうか」

そこに、キッチンから水本が出てきた。ふわふわと湯気の上がるお皿を二枚持っている。ふわっと黄色に焼けたオムレツだ。今日はスペイン風ではなく、ふつうのくるっと丸まったオムレツである。たっぷりと野菜の入ったスープも持ってきてくれて、朝ごはんが整った。

「とりあえず、食べながらということで」

水本がにっこりした。


「兄弟なら兄弟って、最初から言えばいいじゃないか」

芳賀のマンションから病院までは、歩いて五分ほどだった。対して、小泉の住む実家は、車で一時間だ。昨日と同じ服なのが気になったが、着替えに帰っている時間はない。ぶつぶつと文句を言いながら、小泉はそのまま出勤することにした。

「いや、結構似てるから気づくかなーと」

芳賀がてへっという顔をしている。

『マラゲーニャ』のマスターである水本と芳賀は、異父兄弟なのだという。

「気づくわけないだろう。昨日の接客を見て」

小泉は不機嫌に言う。

「第一、君の父親は日本人で、お兄さんの父親は向こうの人なんだろう？　似てるはずがないじゃないか」

水本と芳賀兄弟の母親は、日米のハーフで、水本の父はアメリカ人。芳賀の父は日本人と聞いて、何となく、二人の容姿に納得がいった。色素が薄く、プロポーションも顔立ちも完全に欧米系の水本はスリークォーターで、向こうの血が少し入っているのかなと思っていた芳賀はクォーターだったのだ。兄弟の母と芳賀の父は、籍の入っていない事実婚であり、水本は母の姓を名乗り、芳賀は父と暮らしていたこともあって、父の姓を名乗っている。それで、二人の姓は異なっているのだ。

「俺が日本に戻るって言った時、何だか妙に心配されてさ。兄貴のところに住めって、母親に命令されて。まぁ、いいかって」

驚いたことに、店だけでなく、あのマンション自体が水本の持ち物なのだという。水本自身もマンションの最上階に住んでおり、空いていた一室に弟をやや割安くらいの家賃で住まわせているらしい。

「芳賀先生が……アメリカの医師免許を持っているっていうのは」

「ほんとだよ。三年くらい働いてたかな。まぁ、母親って女が医者だったからね。何となく向こうの事情はわかっていたし、もしかしたら、俺、日本より向こうが向いてるかもって思って、免許取って、働いてみたんだけど」

のんびり歩きながら、あっさりと言っているが、アメリカで医師免許を取るのは、日本での医師免許を持っていても、それほど楽なものではない。しかも、州ごとに免許が異なるので、州をまたいで仕事をしようと思ったら、また免許を取り直さなければならないのだ。

「母親は、今でもERでがつがつ働いてるよ。あれは根っからの医者……しかもERの医者だよ。修羅場の連続がないと生きていけないような女だから、うちの親父《おやじ》みたいな男じゃないと、パートナーは務まらないんだろうな」

芳賀の父親は翻訳家で、完全な居職であるため、妻の世話をしながら、アメリカで生活しているらしい。そのあたりは、あまり語りたい内容ではないらしく、芳賀は詳しくは教えてくれなかった。まぁ、家庭の事情はそれぞれである。

「……お母さんが医者だったから、医者になったのか？」

「うーん……」

小泉に尋ねられて、芳賀は考えている。

「まぁ……そうといえばそうだし、違うといえば違うかな」

答えになっていない。

答えになっていないと言えば。小泉はふいに立ち止まると、ぐいと芳賀の袖《そで》を引いた。

「え、え？」

気がつくと、いつの間にか、職場である至誠会《しせいかい》外科病院が見えていた。そろそろ、周囲を通勤中のスタッフたちが歩き始めるあたりだ。

「……昨日のあれは何だ」

「昨日のあれ？」

きょとんと少しまぶしそうに小泉を眺めてから、芳賀はあっという顔をした。急にそわそわと視線を泳がせる。

「えーと……」

食事をしている時は、水本の手前、問い詰めることはできなかったのだが、いくら何でも、このまま出勤するわけにはいかない。

「昨日の……あれは何だったんだ……っ」

昨夜、飲んでいる最中に眠ってしまったのは大失態だった。まだそれほど親しくない相手と差し向かいで飲むというストレスから、空《す》きっ腹《ぱら》にもかかわらず、かなりのペースでワインを飲んでしまったためだろう。

しかし、わからないのがその後だ。兄の店なら、あのまま眠らせておいて、適当に起こし、タクシーにでも放り込むのが普通だ。それなのに、この男は小泉を自分のベッドに運び、その上、手を出してきた。

あの経験以来、小泉は人と肌を触れ合わせたことがない。このルックスであるから、男女問わずに誘いは無数に受けたが、そのすべてを首を横に振ることで拒絶し続けた。だから、素肌に触れられるのは、あの時以来なのだ。精神的に混乱を来《きた》して、拒むことすらできなかった。息ができなくなり、声も出せず、身体も動かず、できたのは気を失うことだけだった。

どこまでされたのかは、わからない。性的な経験といえば、たった一度暴行を受けたあの時だけだからだ。普通のセックスをした後の身体状況なんて、わからないのだ。ただ、身体を動かせないようなことはなかったし、シャワーを浴びた時に恐る恐る調べた感じでは、最後まではされていない気がする。

「うーん……」

芳賀はしばらく呻吟《しんぎん》していた。どう答えればいいのか、考えている感じだ。どう答えれば、小泉を怒らせずにすむか、考えているのだろう。

〝怒るに決まってるだろう！　馬鹿《ばか》者がっ！〟

「ギャップ萌《も》え……」

予想外すぎる答えが返ってきた。さしもの小泉もきょとんとしてしまう。

「何を言っているんだ？」

「だから、ギャップ萌えかなぁと」

芳賀は、うん、いい答えを発見した！　とばかりに、にこにこしている。

「普段のあんたって、すんげぇクールだろ？」

「あんたって言うな！」

「必要最低限の言葉しか発しない。プライベートは一切語らない。笑わない。余計なおしゃべりは許さない」

その通りである。

誰にも話しかけてなんかほしくない。ほっといてほしい。誰も傍に寄るな。僕に触るな。

「そのあんたが、気持ちよさそうに寝てる。お姫様抱っこしても嫌がらない」

「何だとっ！」

「抱っこしたら、あったかくて、柔らかくて、ものすごくふわっと軽くてさ。ベッドに寝かしつけたら、もうお人形みたいでさ。肌すべすべだし、唇はピンク色だし、睫《まつげ》ものすごく長いし。普段の氷の仮面つけてるみたいなあんたとのギャップがすごすぎて……」

小泉は無言のまま、手を上げた。そして、思い切りバックスイングすると、目の前のハンサムを力いっぱい張り飛ばした。

「いってぇっ！」

外科医の腕力を舐《な》めてはいけない。身体つきは確かに華奢《きゃしゃ》だが、筋肉が表に出にくい体質というだけで、フェンシングできっちりと鍛えている身体だ。半年前までは、時間があれば、大学体育会のフェンシング部に顔を出していたし、今も、自宅での軽いトレーニングぐらいは続けている。

「いきなり殴るなよっ」

「殴られるようなことをしたんだろうが」

冷たく言い放って、小泉はさっさと歩き出した。

「あ、おい、待てってて……」

「ついてくるなっ」

「仕方ねぇだろ。行き先一緒なんだから」

悔しいことに身長差があるので、いくら小泉が早足に歩いても、芳賀は楽々とついてきてしまう。

「あのさ、これ、俺が言っていいのかどうかわからないんだけど」

芳賀がいつものように、からっとした聞き取りやすい声で言った。小泉は無言のまま、歩いていく。

「あんたって、自分がものすごく魅力的だってこと、自覚した方がいいと思う」

すたすたと音がしそうな勢いで、小泉は歩く。病院のスタッフたちが周囲を歩き始めていた。何せ、目立つ二人が歩いているのだ。会釈したり、「おはようございます」と声をかけてくる者もいる。

「それで……その魅力をもっと上手《うま》く使った方が生きやすくなると思う」

芳賀はふわっと軽い調子で言葉を投げかけてきた。

「あんたが魅力的で、人の目を惹《ひ》きつけてしまうのは、もう仕方のないことなんだから、あとはそれを上手く使うしかないと思う」

それだけ言ってしまうと、芳賀はすっと口を閉じ、人の流れに身を任せたのだった。

ACT 5.

「おはようございます」

今日も診察室に患者が呼び込まれてくる。

「担当させていただく小泉《こいずみ》です」

声の調子は平坦《へいたん》だが、どうにか挨拶《あいさつ》の言葉は出るようになった。

『挨拶をしておいて、悪いことはありません』

介助についてくれている師長の言葉である。

『確かに、紹介状とカルテに入っている資料で、ある程度のことはわかってしまうと思います。先生には、その力があると思いますので』

決して押しつける調子ではなく、彼女は淡々と穏やかに言った。

『ですが、まず診察室に入っていらっしゃる時の患者さんのお顔を見ておいて、悪いことはありません。その方がどんな気持ちでここにいらしたのか、手術に対して、どんな気持ちを抱いているのか。マイナスなのか、プラスなのか。そんなことがわかることもありますので』

「どうぞ、おかけください」

そのくらいの言葉も、ようやく出るようになった。そして、それと同時に、患者からのクレームは驚くほどに減った。診察に没頭してしまうと、やはり患者の存在は無視してしまいがちになるが、最初の挨拶とほんの一瞬でも視線を合わせることを自分に課してからは、主治医を替えてほしいというクレームは一切なくなったのである。

小泉は、外来にいる時はロイヤルブルーのスクラブを着ていることが多い。その上に、ショート丈のクリーム色の白衣を羽織っている。身長が百六十五センチくらいなので、男性用の長白衣だと丈が長すぎて、裾《すそ》を引っかけてしまうことがあるのだ。

「何か、あんたが手術着に着替えると、ほっとするものがある」

並んで、手術前の手洗いをしながら、芳賀《はが》が言った。

この男に『あんた』と呼ばれるのは腹が立つが、いくら訂正しても直らないので、もう諦《あきら》めてしまった。実際年は上なのだし、仕方がない。

「何で、ほっとするんだ」

外科医の手洗いは独特である。まず、水道栓の開け閉めに手を一切使わない。至誠会《しせいかい》の手術部は完全自動栓で、手を差し出すだけで適温のお湯が出てくる。小泉はこの手のものしか知らないのだが、フリーランスとして、あちこちの手術室を経験している芳賀によると、足で踏むタイプや膝《ひざ》で押すタイプもあるのだという。

「ここの手術着ってさ、わりと色が薄いだろ?」

泡立つタイプの消毒薬で、手を洗っていく。ただ手を擦《こす》り合《あ》わせるだけでなく、肘《ひじ》のところまでまんべんなく擦り洗いをする。その手順は決まっていて、完璧《かんぺき》な手洗いをするには、相応の時間がかかる。

「そうは思わないが。普通だろう」

外来で着ているスクラブと白衣は個人持ちだが、手術室のものは病院のお仕着せだ。みな同じ色のものを着る。それほど濃くないブルーだ。

「あんたが外来で着ているのって、色がはっきりしてるじゃん」

半袖《はんそで》からむき出しになっている小泉の腕は、きっちりと筋肉がついている。薄くしなやかに筋肉がついていて、指がすらっと長く、外科医らしい手だ。隣で手洗いをしている芳賀は、百八十センチを軽く超える長身にふさわしく、手足が長い。いわゆるモデル体型で、姿勢もよく、彼が院内を歩いていると、周囲の視線を集めているのがよくわかる。

「あれってさぁ、肌の色が白いのが、ものすごく目立つんだよなぁ。コントラストがくっきりしているせいなんだろうな。時々、どきっとするくらい、あんたの肌が白いのがわかって、いやぁ、心臓に悪い」

小泉は黙ったまま、芳賀の足を踏みつけた。蹴《け》りを入れることも考えたが、手洗いを台無しにしそうなので、それはやめておいた。手術準備の手洗いは時間がかかる。そして、その手がグローブをはめる前に、どこかに触ってしまったら、もう一度始めからやり直しだ。時間の無駄である。

「痛い、痛い！」

手術室では、皆サンダル履きなので、ぐりぐりやると結構痛いはずだ。手洗いを終えて、カストから滅菌されたタオルを取り出し、丁寧に手を拭《ふ》く。もう一枚取り出して、仕上げると、使い終えたタオルを、洗濯物を入れるバケツに投げた。

今日の執刀医は、小泉ではなく、芳賀だ。小泉がナースにガウンを着せてもらっている横で、芳賀もガウンを着ている。

芳賀の専門は、冠動脈バイパス術である。心臓外科の中でも、本来の専門分野は細かく分かれている。小泉が心臓弁膜症の弁置換術を専門にしているのと同じく、芳賀は冠動脈バイパス術を専門にしているのだ。

「手術前の執刀医に、ひどいことするよな」

マスク越しでも、芳賀の声はクリアに聞こえる。滑舌の良さは抜群だ。

この滑舌の良さも、実は外科医の大切な条件の一つだ。手術室では、外科医はいわばオーケストラの指揮者である。指揮者がタクト一つで出す指示を、外科医はすべて口に出さなければならない。中には「察しろ」というタイプもいるが、やはり、一つ一つ口に出した方が、自分のリズムを崩さずに手術ができる。その指示を一発で通すのに必要なのが、はっきりとした滑舌なのである。滑舌が悪いと、指示を聞き落とされたり、聞き返されたりする。それが結構なストレスになるのである。さすがに手術室を渡り歩いてきたと豪語するだけあって、芳賀の指示はわかりやすく、明瞭《めいりょう》だ。彼の出す指示が一発で通らなかったことはない。指示を聞き漏らすのではないかと恐れる心配のない外科医は、手術室ではとても好かれる。ナースたちにいらないストレスを与えないからだ。そんなわけで、芳賀の執刀前は、手術室付近もどこか和やかである。

「外科医殿、とっとと手術室に入ってくれる?」

そこに、スクラブに手術帽、マスクと軽装の医師が現れた。麻酔科医の志築《しづき》である。

「あ、今日の麻酔、志築先生なんだ」

芳賀がにっと笑ったのがわかった。

「怖いなぁ。先生、ぎりぎりまで麻酔絞ってくるからなぁ」

至誠会外科病院には、常勤の麻酔科医が四人いる。他に外部から入ってくる非常勤の麻酔科医もいるので、かなり贅沢《ぜいたく》な布陣である。その中で、志築は一番若い。しかし、相手がベテランの外科医でも、決して物怖《ものお》じしない。覚醒《かくせい》の悪くなる過剰な麻酔を嫌がり、

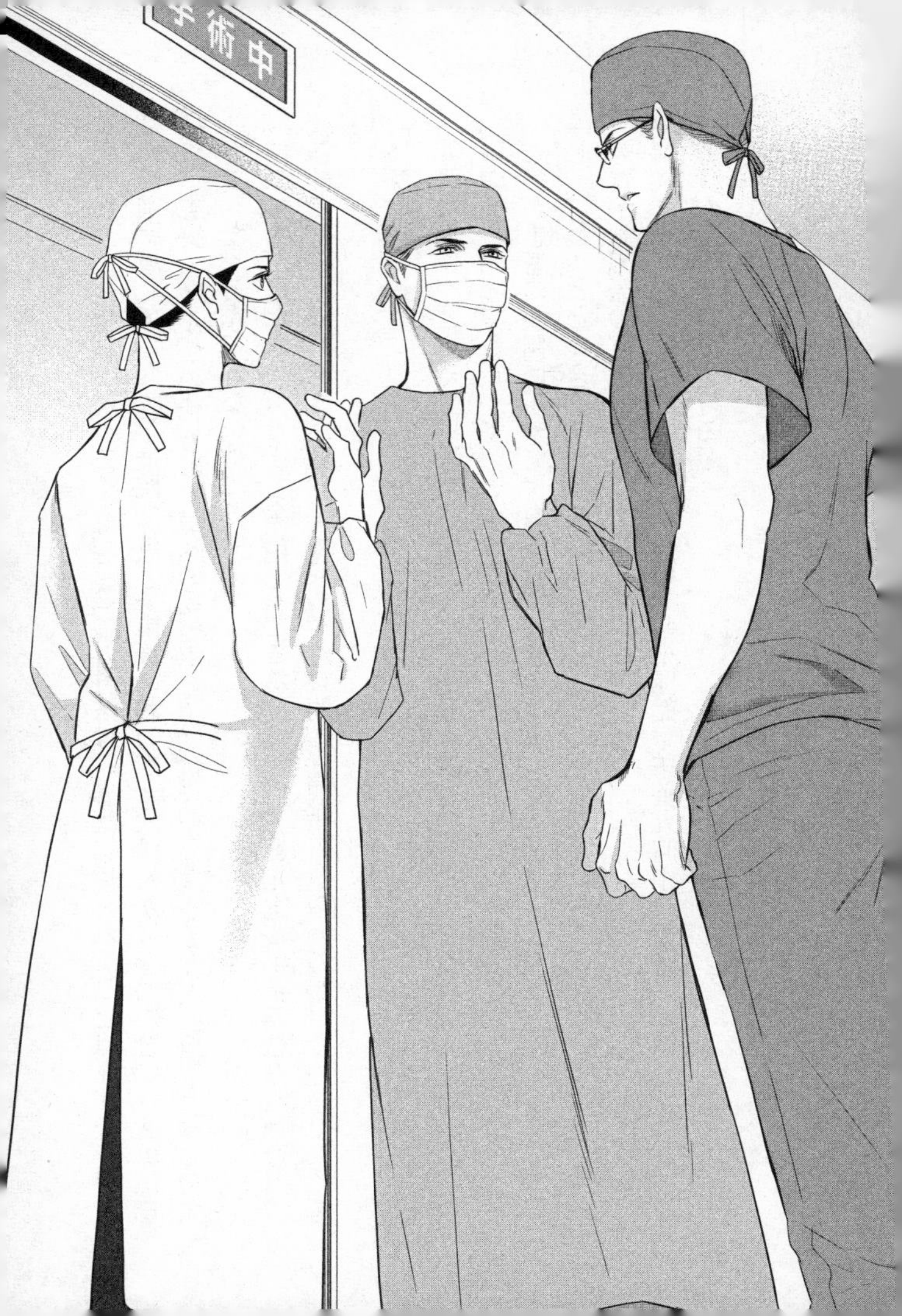
手術中

堂々ととっととやれと言ってくる。ここの外科医は、志築に煽《あお》られることはまずないが、彼が以前所属していた大学病院では、手術後に執刀医と大げんかになったという武勇伝を持つ。志築のけんかの仕方は、嫌味と相手の弱点の指摘の連発なので、遺恨を残しやすい。まったくとんでもないやつだ。

「他の先生だったら、もう少し余裕取るところだけど、芳賀先生と小泉の執刀だったら、絞らせてもらうよ。できたら、手術終わった瞬間に覚醒するくらいの勢いでいきたいくらい」

「やめてよ」

芳賀はからっと笑って、手術室に入った。小泉も無言のまま、続く。

「いつでも始めてもらっていいよ」

志築が患者の頭側に座って、術中管理の態勢に入った。

「じゃ、とっとといきますか」

芳賀が執刀医の位置に立ち、小泉が向かいに立った。

「術式、オフポンプ冠動脈バイパス術。手術開始、午前九時十二分」

芳賀が明瞭な声で告げる。

「それでは執刀します」

「よろしくお願いします」

小泉とナースたちが和して、手術が始まった。

冠動脈バイパス術とは、心臓に血液を送る冠動脈が狭窄《きょうさく》、もしくは閉塞《へいそく》する虚血性心疾患の治療法の一つで、開胸し、狭窄もしくは閉塞した部分には触れずに、グラフトと呼ばれる、自分の身体《からだ》から採取した血管を用いて、バイパスを作り、血流を確保する手術である。手術の手順としては、まずグラフトを採取し、冠動脈と吻合《ふんごう》していく。

芳賀の手技は、実にスムーズだ。そのメスは一片の迷いもなく、患者の胸に吸い込まれていく。一気に開胸し、グラフトの採取に入る。グラフトの採取で大切なのは、なるべく血管に損傷を与えないことだ。まったく損傷を与えないことはほぼ不可能だが、最小限にとどめることは可能である。芳賀は鼻歌でも歌いそうなリラックスした表情で、超音波メスと電気メス、メッツェンを使い、次々にグラフトを採取していく。

「器用なもんだ」

志築がひゅっと本当に口笛を吹いたので、小泉はちらりとそちらに視線を飛ばした。

「怖い怖い」

ふざけた口調で言ってはいるが、志築の麻酔科医としての腕は確かだ。心臓手術の場合、特に輸液コントロールが大切になる。体外循環を用いず、心臓を止めないオフポンプ手術の場合、輸液が多すぎて心臓が張ってくると血管の吻合がしにくくなる。輸液コントロールは麻酔科医の仕事である。患者をもっとも手術に適した状態でいかにキープするかが、麻酔科医の腕の見せ所なのだ。

グラフト採取を終えると、心膜を切開して、心臓を吊《つ》り上《あ》げ、吻合の準備にかかる。

「……みぃつけた」

まるで、かくれんぼをしている子供の口調で言って、芳賀の瞳《ひとみ》がきらきらと輝いた。

〝もうバイパス枝を同定したのか……〟

冠動脈バイパス術は、採取したグラフトをバイパスとして冠動脈に吻合する手術である。つまり、詰まっている血管を見つけ、その詰まっている場所を迂回《うかい》する形で、別の血管を繋《つな》いでやるイメージだ。

しかし、人の身体は複雑なもので、教科書通りの血管走行をしている身体など、ほとんどない。心臓外科医や循環器内科医を何年かやっていれば、バイパス手術後の血管造影で、間違った枝に繋がったバイパス血管を見ることがある。それほど、ターゲット血管を肉眼で同定するのは難しいのだ。そのための予備検査として、心臓ＣＴや血管造影、心エコーがあり、術中の心表面エコーで、ターゲット血管を発見することもできる。しかし、小泉は、芳賀が術中に術前検査の画像を確認するところも、心表面エコーを使用するところも見たことがない。手術前に、すでに彼の頭の中には、術前検査で得た情報が３Ｄ画像として、イメージできているのだろう。小泉もそのタイプなので、芳賀の手技やスピードが理解できる。しかし。

〝それにしても……早いし、凄《すご》いテクニックだな……〟

手術を執刀している時の彼は、とても楽しそうだ。悲愴感《ひそうかん》はみじんもなく、ただとても楽しそうに、ここにいることが嬉《うれ》しくて仕方ないといった表情で、手術を進めていく。

「じゃ、吻合に入るよ」

小泉は芳賀が指示する前に、グラフトの保持に入っていた。執刀医が吻合しやすい位置にグラフトを持っていき、保持するのだ。自分で保持する執刀医もいるし、デバイスを使う医師もいる。だが、芳賀は助手に保持してもらう方法を好むようだった。だから、彼の助手を務める時は、いつも小泉がグラフトの保持をする。その他、冠動脈バイパス術では、執刀医の視野を確保するために、さまざまなテクニックがある。しかし、芳賀はいちいち指示をせず、そのすべてを小泉に任せていた。

〝やればできる……ってことか〟

やろうと思えば、芳賀はたぶん、ほとんど助手など必要なしで手術できるのだろう。だから、彼はまるで試すかのように、前立ちの小泉に指示を出さない。だから、小泉も『勝手に』サポートする。

「もう少し、麻酔絞ってもよかったな……」

志築のつぶやきが聞こえた。

「フリーランスでいる理由？」

手術後の更衣室。広い室内には、ちょっとしたソファがあって、手術後の医師たちがくつろげるようになっている。場合によっては、手術室を渡り歩くようにして、一日中、ここで過ごす者もいるのだ。ロッカールーム内には、いつも飲み物でいっぱいになっている冷蔵庫も置いてあるし、あたたかいコーヒーやお茶も飲めるように、ポットも用意されている。

「うーん……」

手術を終え、シャワーも浴びて、美味《おい》しそうにアイスコーヒーを飲みながら、芳賀が振り返った。

「……まぁ、俺はもともと医局をやめて、アメリカに行ったから、こっちに帰国しても、帰る場所がなかったから……かな」

「でも」

小泉はまだ少し濡《ぬ》れている髪をタオルで丁寧に拭きながら言った。

「芳賀先生くらいの腕があれば、どこでも常勤で行けるだろう？　第一、ここでも常勤になってほしいみたいだし」

他の医師たちの耳もあるので、小泉の声は低い。何せ、二十室からの手術室があるのだ。この更衣室も出入りが激しい。

「まぁ、考えてはいるよ」

芳賀はあっさりと答えた。

「ただ、今まで、ふらふらしてる俺を拾ってくれた病院には恩義があるから、簡単に切れないだろ。週一、月一でもいいから来てくれって言われたら、そうそう嫌ですとは言えない」

「いったい、今までいくつの病院に勤務してきたんだ？」

小泉も大学からの派遣でいくつかの病院に行ってはいたが、ほとんどが手術のみのワンポイントで、外来は大学病院以外で持ったことがない。それも今になってみれば、外来診療に向かない小泉の性格をよく知っていた冬木《ふゆき》が、気を遣っていてくれたのだとよくわかる。

「さぁて、一回限りってところも結構あるからなぁ」

芳賀はのほほんと答える。

「二十や三十じゃきかないかも。当直バイトも多いから、知っている手術室はそれほど多くないけどね」

いや、十分多いだろう。

芳賀は、いろいろな意味で小泉と正反対の医師人生を送っている。母校の医局に入局し、最初から教授であった冬木に可愛《かわい》がられ、最短で助教から講師、准教授と駆け上がった小泉にとって、何のバックグラウンドも持たず、まさに身一つ、腕一本で渡り歩いているフリーランスの考え方は、どうやっても理解できない。

「でも、ここは……いいな」

芳賀がふっと言った。宝石の趣のある透き通った瞳で、少し遠くを見るような表情をしている。

「え……？」

「もっとできることがある……もっと速くできる……もっと患者に負担をかけずにできる。設備の古い手術室で、そういうストレスにさらされながらの手術を、ここではしなくて済む。最高の設備と最高のスタッフ……環境が整えば、何でもできるとは言わないけど、環境が整わないとできないことは確実にあるんだよな」

そして、彼は小泉の方を見た。

「ここは……いい場所だよ」

小泉は今も実家に住んでいる。今の勤務先からはずいぶん遠いが、実は元の所属先であった東興《とうこう》学院大医学部付属病院とは、目と鼻の先なのだ。

「ただいま」

「おかえり、詩音《しおん》」

キッチンに顔を出すと、せっせと料理をしていた母が振り向いた。

「ごはんは？　ちょうどシチューができあがったところよ」

「うん、食べる。先に着替えてくるね」

「早く下りていらっしゃいね」

母は美しい。息子である小泉の目から見ても、優雅で上品で、とんでもない美人だ。小泉の性別不詳の美貌《びぼう》は、この母から受け継いだものらしい。

「母さん、今日は早いね」

「ええ。少しだけね」

母の職業はナースである。東興学院大医学部付属病院の総師長を務め、その美貌と堅実な仕事ぶり、優美な物腰から『聖母』と呼ばれる、生きる伝説だ。

小泉は二階の自分の部屋に入ると、鞄《かばん》を置いて、ふうっとため息をついた。

『詩音』というロマンティックな名前をつけたのは、この母だ。今ドイツにいる父と母は、ラブラブと呼ぶのも恥ずかしいくらいの愛し合い方をしている。というより、母がとにかく父にぞっこんなのだ。詩音という名も、両親が初めてデートした公園に咲いていた花の名前からだという。

本来であれば、ドイツに渡る父についていくつもりだった母を日本に止《と》めたのは、その父だった。父は、ナースとして働いている母を『私のナイチンゲール』と呼んで、何より愛していた。そして、男の子にしては美しすぎる息子を海外に連れ出すことに躊躇《ちゅうちょ》を感じたらしい。母を説得して、父だけがドイツに渡ったのである。

ドイツの大学で教鞭《きょうべん》を執りつつ、医師としても世界中を駆け回る父は、なかなか日本に戻ってこられない。せいぜい年に数回、合わせて一ヵ月もいないだろう。そんな父を待ち焦がれている母は、帰ってきた父をがっかりさせないためにもと、常に美しく、優しい『聖母』の姿を保持している。正直、小泉は、物心ついてからこの方、母の姿はまったく変わっていないと思っている。

「詩音の好きなクリームシチューよ」

さっと着替えて、ダイニングキッチンに入っていくと、母が食卓を整えていた。あたためた深皿にたっぷりとシチューを盛ってくれる。小泉の家では、シチューでも、主食はお茶碗《ちゃわん》に盛ったご飯だ。その他に、父が好きな筑前煮《ちくぜんに》やマカロニサラダ、小松菜のゴマよごしと、いかにも家庭料理といった雰囲気のあたたかな食卓である。

「母さんは？」

いただきますと手を合わせてから、小泉は食事を始めた。フルタイムで働き続けているナースの母だが、料理に手を抜いたことは一度もない。確かに冷蔵庫は駆使しているが、そこにキープされているお惣菜《そうざい》やカレー、シチュー、スープはすべて手作りで、出来合いのものは一つもない。もともと料理は好きだったらしいのだが、父との結婚が決まってから、忙しい仕事の合間を縫って、クッキングスクールに通い、料理の腕を磨いたのだという。

「私はもういただいたわ。詩音、デザートはフルーツ？　それともお菓子がいい？」

「うーん……コーヒーでいいかな。甘いものはあまりほしくない感じ」

「わかったわ」

　家にいる時の小泉は、職場にいる時よりも声が高く、大きめだ。同僚たちが見たら、驚きのあまり、目玉が落っこちるほど見開いてしまいそうなくらい、家に帰った時の小泉はテンションが高い。多少不自然に感じられるくらい笑顔を振りまき、テレビなどはつけずに、母と会話をする。

「詩音、お仕事はどう？　至誠会さんは忙しいって聞くけど」

　母はお茶を飲みながら、小泉の食事につき合ってくれる。

「まぁね。執刀数は大学の頃より増えたかな。とにかく、外科病院っていうだけあって、来院する患者の八割方が手術適応だからね」

言葉つきも、職場にいる時よりも柔らかい。

「父さんに、僕の執刀数言ったら、多すぎるって叱《しか》られるかも」

「お父さまは詩音を叱ったりなさらないわ」

父の話をする時の母は、一番幸せそうだ。

小泉は、母の口から父に対する愚痴や不満を聞いたことが一度もない。母は、いつも父の一番の理解者であり、ファンであり、恋人だ。

「次の帰国はもう来年になるわね。年内に帰りたかったんだけど、少し難しいっておっしゃってたわ」

母は寂しそうに言った。

「詩音もお父さまと話したいんじゃない？　新しい仕事のこととか」

「あ、うん……」

前に父が帰国したのは、夏の頃だった。その頃、小泉は大学に籍は置いていたものの、ほぼ飼い殺しの状態で、父に合わせる顔がなくて、ほとんど話らしい話もしなかった。

父と大学の同期だった冬木が突然事故死したのは、今年の春だった。仕事が終わって帰る途中で、信号無視の車にはねられたのだ。ほぼ即死の状態で、病院には運ばれたものの、死亡が確認されただけだった。

その頃のことを、小泉はよく覚えていない。冬木の死を悲しむ暇もなく、彼が執刀するはずだった手術をすべて引き受け、外来も病棟も引き受けた。小泉にとって、冬木がもういないのだということを理解し、嘆き悲しむ時間がない方が楽だった。涙一つ流さず、淡々とした無表情のまま、冬木の残した仕事を一つ一つ完璧にこなしていく小泉に向けられたのは、周囲の白い目だった。

『冬木先生が亡くなって、一番喜んでいるんじゃないのか?』

『案外目の上のたんこぶだったのかも』

『お葬式でも、しらーっとした顔してたらしいよ』

医者になるためだけに、小泉は生きてきたと言っても過言ではない。医者になって、人の命を助ける。十五歳にして殺人者になってしまった自分が生きていてもいいのだと思うには、人の命を助ける者になるしかなかった。だから、ただ前だけを見て、駆け上がってきた。

あの悪夢の夜から、小泉は他人と関《かか》わり合《あ》うことができなくなった。怖かった。ただ怖かった。だから、目を背け、唇を噛《か》み、うつむいた。美しすぎる自分の容姿が疎ましくて、真面目《まじめ》に整形手術を考えたことさえあった。

両親に知られることが一番怖かった。自分たちの一人息子が同性にレイプされ、その相手を殺してしまったと知ったら……きっと、彼らは自分たちを許せなくなるだろう。一人息子を海外に連れていったのに、一人にしてしまった自分たちを。

だから、家では以前と変わらない少し内気だが明るい詩音として振る舞い、他人の前では固い仮面をつけ続けた。

そんな小泉を、なぜか冬木は可愛がってくれた。父と同期ということもあったのだろうが、それだけではなかったと思う。あの人は、そんなえこひいきをする人ではなかった。だから、小泉の努力と才能を愛していてくれたのだと思いたい。

「父さんは……冬木先生のこと、何か言ってた？」

多忙な父は、冬木が亡くなった時に帰国できなかった。そのことをずいぶん気にしていたのだが、夏に帰国した時も墓参することさえできなかった。

「そうね、次に帰国する時に、詩音とお墓参りに行きたいとおっしゃってたわ。詩音がもう少し年をとっていたら、冬木先生の後継になれただろうにと……それがきっと、冬木先生も心残りだっただろうとおっしゃってたわ」

「………」

小泉は無言のまま、シチューをスプーンですくう。白いシチューにブロッコリーのグリーンとコーンの黄色、にんじんの赤が鮮やかだ。

冬木の死で空席になった教授の椅子《いす》をめぐっての教授選は、冬木の死から三ヵ月後だった。候補は准教授だった小泉と講師の酒井《さかい》、そして、T大で講師を務めていた佐々木《さ さき》の三人だった。冬木の正統な後継者は小泉と目されていたが、蓋《ふた》を開けてみると、大差で佐々木が教授となった。

若すぎる上に、冬木以外の人間とコミュニケーションをほぼ取らず、患者との間に幾度もトラブルを起こしていた小泉は、もともとそのスピード出世を妬《ねた》まれていたため、ここぞとばかりに追い落とされてしまったのである。

後ろ盾を失った小泉は、医局に居場所をなくした。執刀も回ってこなくなり、周囲から距離を置かれた。そんな小泉を拾ってくれたのが、冬木の親友だった田巻《たまき》だったのだ。

「でも、今の職場は気に入ってるよ」

小泉は笑顔を作り、母を見た。美しい母。優しい母。彼女を悲しませてはいけない。

「外来もやってるんだ。介助についてくれてるのが師長なんだけど、ちょっと母さんに似てるかな。いろいろ教えてくれる。僕、患者さんと話すの苦手だったけど、彼女のおかげで、少しは話せるようになった気がする」

「詩音はおとなしいものね」

母がにっこりした。

「でも、もうおとなしい詩音くんじゃだめよ。お父さまも、冬木先生によく言われたって。詩音くんは笑えば本当に可愛いし、それだけで人の心を摑《つか》めるのにって」

〝『可愛い』という言葉で、僕がどれだけ傷ついて、叫び出したくなるのか……きっと、誰にも一生伝わらない……〟

それは一つの小さな絶望だった。

普通であれば、傷つかないはずの言葉。傷つかないはずのふれあい。ほんの小さなコミュニケーションで、自分は傷ついてしまう。傷だらけになって、また自分の殻に引きこもる。今はまだ、両親の前なら笑えるけれど、いずれ心の堰《せき》は切れて、両親の前で叫び、罵《のの》る日が来るかもしれない。あなたたちがパーティで談笑していたあの時、腕を組んで歩いていたあの時に、僕は汚い小路《こうじ》に連れ込まれ、知らない男たちに犯されていた。そして、そのうちの一人を殺した。僕はレイプの被害者になり、そして、殺人者になった。

「……そんなことないよ。もう、そういう年齢じゃない」

「そうね」

母が美しい笑みを浮かべる。絶対に小泉が浮かべられない慈愛に満ちた微笑《ほほえ》み。

「でも、私たちにとって、詩音はいつまでも可愛い一人息子なのよ」

いつまで、僕は耐えられるだろう。

いつまで……この秘密を抱えて生きていけるのだろう。

ACT 6.

至誠会《しせいかい》外科病院の手術部は、院内で一番人の出入りの激しいところだ。手術予定は、まるで電車のダイヤグラムのように複雑に組まれ、大幅な遅延が出ると大変なことになる。そのために、予備の手術室もあるのだが、時にはそこにも予定が入ってしまう。何のための予備室だかわからない。手術室の増設もいつも会議の議題に上がるのだが、これ以上手術室を増やしても、執刀する医師が確保できない。過酷な勤務の外科医を志望する医学生は減り続けているのだ。

手術で使用する器材を滅菌消毒する材料室には、大型のオートクレーブやガス滅菌の装置がずらりと並び、常に稼働している状態だ。十人を超えるスタッフがパッキングや器材の整理に追われている。医師が要求したものの消毒が上がっていないなどということがあってはならない。計画的にきっちりと滅菌も行わなければならない。

「今日の予定はっと……」

芳賀《はが》は手術部の壁に貼《は》ってある予定表を見ていた。

普通の病院なら、一週間分などまとめて貼ってあるのだが、ここは普通ではない。手術の件数があまりに多いので、一日一枚でも足りず、午前と午後、一日と三枚貼ってある。手術時間十時間を越える一日がかりの手術も複数入っている。

「うはー、今日もぎっしりだねぇ」

脳天気な声を出している芳賀の後ろに、不穏な気配がした。ゆっくりと振り返ると、麻酔科医の志築《しづき》がうっそりと立っている。二人の身長はほとんど同じなので、顔の位置がぴたりと合うため、そばにいるとかなりうっとうしい。

「芳賀先生たちは、自分の手術のことだけ考えてればいいんだろうけど、僕たちは手術室を掛け持ちしたりもするわけ。時間通りに進めないと殺すよ?」

にこにこしながら、たれ目気味のハンサムがとんでもないことを言う。芳賀ははっと乾いた笑いを返した。

「こ、怖いなぁ……志築先生」

「今日はどこの手術室? 僕の担当だったら、ぎりっぎりまで絞ってあげる」

「志築先生、俺のこと嫌い?」

志築はふんと肩をすくめた。その視線がすうっと動き、隣の手術室に入っていく小さな背中を見つめる。手術帽とガウンの間から覗《のぞ》く白い首筋が頼りないくらい細い。

「瘦《や》せたな……」

志築のつぶやきに、芳賀は反応した。ごく低い声だったが、耳はいい方だ。

「志築先生、小泉《こいずみ》先生のこと、前から知ってるの？」

「あ？」

志築の視線が、またすっと戻ってきた。目力の強い知的な感じのする目だ。

「まぁ、幼なじみみたいなもんかな。幼稚園から大学まで一緒だったから」

「え」

芳賀がぴくりと眉《まゆ》を動かす。

「幼なじみってことは、小泉先生のちっちゃい頃のこととか知ってんの？」

「はぁ？」

志築の声が険しくなった。

「何、寝言言ってるのかな、この人は」

「寝言なんか言ってないよ。ねぇ、志築先生」

猫なで声とはこういう声だ。芳賀の声音は変幻自在である。

「飲みに行かない？」

「…………」

志築は睥睨《へいげい》という言葉がぴったりくる目つきで、芳賀をじっくりと眺めてから、頷《うなず》いた。

「いいよ。先生にはいろいろと聞いてみたいこともあるし」

「志築先生、お願いします」

手術室からナースが顔を出した。その顔が芳賀を見て、少しにこっとしたのを、志築はふぅんと眺めてから、また肩をすくめた。

「了解。今行く」

「じゃ、またあとで」

ぱっと手を振って、芳賀は手を洗いに歩き出す。その背中を見送ってから、志築はふんと鼻を鳴らした。

「深窓の王子さまに、簡単に手を出せると思うなよ。この……」

ナースが、え？　という顔をしているのに、にこっと笑ってみせる。そして、ふいと吐き捨てるように言った。

「狼《おおかみ》が」

そして、ナースがぎょっとして振り向く前に、志築はするりと手術室に滑り込んだのだった。


芳賀が、兄の店であるスペインバル『マラゲーニャ』のドアを開けると、いきなり声が飛んできた。

「遅いっ」

「し、志築先生……っ」

妙にぴんと張った声と、まるで女の子のように細くて高めの声。芳賀がぐるっと店の中を見回していると、カウンターの中にいた兄の水本《みずもと》が、ここここと教えてくれた。L字形のカウンターの端の方に、志築のインテリ然とした顔と、おとなしいを通り越して、おどおどと見える可愛《かわい》らしい顔が並んでいた。

「悪い。出がけに、手術患《オペかん》が急変しちゃって」

芳賀は、軽く片手で拝む真似《まね》をしてから、兄の顔を見た。

「テーブル空いてる？」

「ああ、今空いたところだ。左手の奥。片付けるから、ちょっと待ってて」

オーナー自らがダスターとトレイを持って、テーブルを片付けに行っている間に、芳賀はカウンターのスツールに座った。志築の隣には、顔立ちは整っているのに、なぜか影の薄い感じのする……おとなしそうな青年がちょこんと座っていた。というか、彼が声を最初に発していなければ、たぶん、芳賀は気づかなかった……そのレベルの影の薄さだ。

「えーと……」

芳賀が反応に困っていると、志築が吹き出した。暴発という言葉がぴったりくる、情け容赦のない笑い方だ。

「志築先生……っ」

影の薄い青年が困ったようにうつむく。

「芳賀先生は……まだいらしてから日が浅いんですから……」

「浅くたって深くたって一緒だよ。おまえの影が薄いのは」

〝おや〟

少し意外だった。芳賀の志築に対する印象は、有能で人望があり、ちょっと毒を吐くこともあるけれど、爽《さわ》やかな青年医師といった感じだ。しかし、今の志築は少し、いやかなり違う。明らかに毒のある何かがどっかから生えている。

「芳賀先生、こいつ、消化器外科の谷澤《やざわ》先生。ちなみに、バリバリの外科なので、毎日手術部にいる。絶対に、先生ともほぼ毎日すれ違ってる」

志築がおもしろそうに笑って言った。先生と言いつつ、こいつ呼ばわりだ。

〝仲がいいのか？　それとも悪いのか？〟

「こいつ、一人だとメシも作れないやつでね。家事が壊滅的にダメだから、たまに美味《うま》いもの食わせないと、死にそうなの」

くすくすと笑いながら言って、志築は芳賀を見た。

「ま、この通り、邪魔にはならないから気にしないで。余計なことも言わないし、聞かない。バカじゃないからね」

　ひどいことを言われても、谷澤は少し困ったようにうつむいているだけだ。

「谷澤先生、俺のこと、知ってます？」

　芳賀はそっと聞いてみた。谷澤はこくんと頷き、芳賀ににこりと微笑《ほほえ》んだ。

「はい。心臓外科の芳賀先生。手術部の人気赤丸上昇中。僕は消化器外科の谷澤……谷澤葵《あおい》です。よろしくお願いします」

「ごめん、お待たせ。テーブル用意できたから、どうぞ」

　水本が戻ってきて、三人をテーブルに案内してくれた。

　クロスなしの素朴な木のテーブル。椅子《いす》も素朴な形なのだが、不思議と座り心地はいい。テーブル席に落ち着くと、芳賀は志築と谷澤に「食べられないものある？」と聞いた。

「ここ、俺の兄貴の店なんだけど、特に好き嫌いがなければ、おすすめを食べとくのが、一番間違いない。ドリンクはっと……ワインでいい？」

「任せるよ」

　志築は頷いた。谷澤もこくりと頷く。ずいぶんとおとなしい外科医もいたものだ。

「了解。兄貴、ワイン、今日は何がおすすめ？」

「じゃあ、僕の個人的な趣味で……マリエッタにしよう。優しい口当たりで飲みやすいから」

　水本が出してきてくれたのは、ちょっと変わった女の子を描いたエチケットのボトルだった。抜栓して、グラスに注ぐとほんのりと黄緑色を帯びた白ワインだ。

　そして、すぐにたこのポテトサラダ、アンディーブとりんご、くるみのゴルゴンゾーラ、おなじみのパンコントマテが、テーブルに並べられた。

「それで軽く飲んでて。今日はエビの大きいのが入ったから、アヒージョにするね。それと、朝から煮込んでた牛頬肉《ほおにく》の赤ワイン煮込み、胡椒《こしょう》風味。フレンチっぽいけど、すね肉で作ればトスカーナ地方の伝統料理になる。ま、楽しみにしてて」

　水本が去っていき、とりあえずグラスを手にした三人は、何となく乾杯した。

「えーと……お疲れ様……かな」

「締まらないねぇ」

　つけつけと志築が言った。

「で？　これは何の会合？　芳賀先生、小泉のことが知りたいみたいだったけど」

「あ、うん……」

　芳賀は素直に頷いた。

「俺、小泉先生と……一緒になることが多いからさ。ちょっと……個人的なこと、性格とか知っておきたいんだけど、あの人、ガードが堅くてさ」

「芳賀先生、個人情報保護法って知ってる？」

おとなしく座っている谷澤に、かいがいしくサラダを取り分けてやりながら、志築が皮肉っぽく言った。

「小泉のことなら、小泉に聞きなよ。で、あれが言いたくないことなら、無理に聞かない。それが大人の対応ってもんでしょ」

「そうだけどさ……」

ほろ苦いアンディーブに、りんごとくるみ、ゴルゴンゾーラチーズをのせたフィンガーフードを食べながら、芳賀はワインを飲む。

「あの人、何か……どっかに地雷があるらしくて、それを踏むと不機嫌になるくらいならいいんだけど、何か……ものすごく傷ついた顔をするんだよ。俺、それを見るのが……何かつらくてさ……」

「芳賀先生、アメリカ帰りなんだって？」

唐突に、志築が言った。芳賀はびっくりしながら、頷く。

「帰りってか……俺、ニューヨークで生まれたんだよ。母親が日米のハーフで、親父《おやじ》が日本人。で、生まれてすぐにこっちに来て、日本国籍を取って、大学卒業して、何年かなぁ……五年くらいこっちで働いて、アメリカ行って、ニューヨーク州の医師免許取って……あっちで三年くらい働いてた。こっちに戻ってきたのは、二年前ね。それからはフリーランス」

「腰の据わらない人だね」

志築がつけつけと言った。にこにこしながら毒を吐きまくるので、どこに本音があるのかわからない。隣で、なぜか芳賀よりも谷澤が怯《おび》えている。

「うんまぁ、それは認める」

芳賀は笑った。

「いろいろと探してるもんがあってね。一個一個見つけてる最中なわけ」

「何言ってんだか」

はっと肩をすくめて、志築はワインを飲んだ。パンコントマテを摘まんで食べ、うんと頷く。

「葵、美味《おい》しいから食べなさい」

名前で呼ばれた谷澤がびっくりした顔をして、こくんと頷く。何だか、小動物みたいな可愛さだ。

「……小泉さ、最近痩せたと思わない？」

志築の発言はぽんぽん飛ぶ。しかし、芳賀は動じない。思考速度の速さなら、自信がある。そうでなければ、日米、フリーランスとあちこち渡り歩けるものか。反射神経だけで生きているようなものだ。

「そうなのかな。華奢《きゃしゃ》だなぁとは思うけど」

「痩せたよ。背中なんか、骨が浮いてる。あいつの執刀の数、知ってるよね？」

志築に問われて、芳賀は頷いた。

「まぁ……俺たちがここに来てから、明らかに患者増えてるしね。退職者もいたみたいだから、執刀数は多くなるよね」

「誰もが、芳賀先生みたいな体力おばけと思わない方がいい」

だから、和やかににこにこしながら、毒を吐かないでほしい。

「小泉は、東興《とうこう》のエースだったんだ。だから、大学ではここぞという時の手術しかしていない。大学レベルでの執刀数は多かったと思うけど、外科だけに特化したこういうところでの、のべつまくなしの執刀には慣れていない。難しい手術はこなせるけど、たとえ易しい手術でも、数をこなすのに慣れていないんだ」

そこに、水本が料理を運んできた。

「お待たせ。車エビのアヒージョと牛頬肉の赤ワイン煮込み、胡椒風味。それと鯖《さば》のリエット、こっちはピンクペッパー風味ね。クラッカーはお代わり自由だから、声かけてね」

くつくつと煮えている大きなエビのアヒージョがとんでもなくいい匂《にお》いだ。濃厚な肉汁をまとった牛頬肉はほろりと崩れるくらいに柔らかく、こんもりとじゃがいものピューレがまるで島のように盛りつけられている。鯖のリエットは、見た目はツナのようだが、クラッカーにのせて口に入れてみると、オーブンでしっかり火を入れた鯖は香ばしく、混ぜ込まれたサワークリームが爽やかな酸味とこっくりした味を加えている。これはワインに合う。

しばらく、あたたかい料理を楽しんでから、志築はゆっくりと言った。

「小泉は疲れている。確かに、もともと華奢な方ではあるけれど、あれでも高校時代にはフェンシングでインターハイや国体にも出ている。ちゃんと鍛えているんだよ。それでも、あんなに痩せる。明らかにオーバーワーク。あいつのことを知りたい云々《うんぬん》言ってる間に、少しでも負担を軽くしてやることを考えたら？」

ぐうの音も出ない。沈黙してしまった芳賀に、志築は淡々と追い打ちをかける。

「小泉のことを理解しようとか、友達になろうとかは思わない方がいい。あいつを……追い詰めるな」

意外に強い言葉で言われて、芳賀はまじまじと志築を見た。

「追い詰める……？」

大きなエビを口に放り込み、もぐもぐと食べて、志築はぐいとワインを飲む。

「二ヵ月くらい前だったかな。至誠会に来たばかりの頃、あいつと飲んだ」

「え？」

「芳賀先生のことを聞かれた。何か知らないかって」

「ほんと？」

思わず乗り出した芳賀に、志築はひんやりとした視線をよこす。

「警戒されてたんだよ。あいつは、アメリカ帰りのあんたをひどく警戒していた」

「け、警戒って……」

身に覚えがありすぎて、背中が冷たくなった。確かに、最初から……彼に近づきたいとは思っていたが。志築は肩をすくめた。

「まぁ、あんたに限ったことじゃないと思う。あいつが気を許しているのは、この世にたぶん二人だけ……いや、一人になったか。あいつの父親が、ハンブルク大学の小泉教授だってことは当然知ってるよな」

「あ、ああ……」

「その父親の同期が、亡くなった冬木《ふゆき》教授で、彼は、やつの傍《そば》にいられない父親の代わりに、息子のように小泉を可愛がった。気難しくて、人に嫌われやすい小泉を親鳥のように守っていたんだ。そして、もう一人がうちの院長」

「田巻《たまき》先生か……」

穏やかで物静かな田巻に、確かに小泉は、芳賀には見せない表情を向けていた。

「田巻先生は、冬木教授の盟友でね。たぶん、冬木教授は自分が教授職から引いた後、あいつが一人で大学に残れるとは思っていなかったんだろう。これは僕の推測だけど、冬木教授は、小泉のことを田巻先生に託そうとしていたんだと思う。だから、彼が急逝した後、田巻先生は、腕はいいが、気難しくて、患者やスタッフとのトラブルが絶えない小泉を引き受けたんだ」

食べながら、話しながら、志築は、せっせと隣におとなしく座っている谷澤の面倒を見ている。

〝何なんだ、この二人……〟

「小泉はね、守ってくれる相手にしか、気を許せないんだよ」

「守ってくれる……?」

「そう。あいつは人と対等につき合うことができない。人との距離感の取り方が下手で、絶望的に人付き合いが苦手なんだ」

「でも、志築先生とは仲いいんだろ?」

ワインは二本目だ。志築も芳賀も酒が強く、意外なことに谷澤も顔色一つ変えずに、せっせと飲んで食べている。

「仲がいいわけじゃないよ」

志築が苦笑した。

「僕はつき合いが長いし、特技が人付き合いだから、あいつが怖がらない距離感を心得て

るだけ。あいつ、僕にだって、気を許してるわけじゃない。芳賀先生言うところの地雷を踏み抜かない賢さがあるだけで、もし、僕があんたレベルのバカだったら、とっくに縁を切られているよ」

「バカ……」

一言でばっさり切られてしまった。

「いつだったかはもう覚えていないけど、ある時期から、あいつは周囲の人間を信じなくなった。いつも青ざめた顔で、唇を嚙《か》みしめて、ただ背中をこわばらせていた。僕もそうだけど、うっかりあいつに近づいて、痛い目にあったのも一人や二人じゃない。何せ、人知れず鍛えているからね。殴りかかったりはしてこないが、ふいに肩とかに触れてきたり、あのきれいな顔を覗き込んだりしてきたやつを張り飛ばすくらいのことは平気でやる。あの天使顔で、いきなり暴力振るってくるんだから、まぁ、怖いよな。誰も近づかなくなる。それに」

ワインを飲みながら、志築は淡々と言う。

「小泉は……人の目を見ないんだ」

「人の目を……見ない」

「気づかなかったか？　あいつ、ほとんど真正面を見ない。いつも、人の視線から逃げている。あいつが見られて平気なのは、メスという武器を手にしている時だけだよ」

芳賀は妙に納得してしまう。

小泉は、冬木に代わって、公開手術をすることが多かった。手術をしている彼は、驚くほど饒舌《じょうぜつ》で、マイクを通して、手術の説明を丁寧に続けながら、神業のような手技を披露していた。しかし、手術が終わってしまうと、彼は質疑応答を絶対にしなかった。それは冬木に任せて、すっといなくなってしまうのだ。彼が『東興のメスを握る天使』と呼ばれたのは、彼がメスを握るところしか見せなかったからなのだ。

「……小泉は、僕たちが知らない何かを心の中に抱えている」

志築はふうっと深い深いため息をついた。

「それはたぶん、とんでもなく深い闇《やみ》で、彼にとっての地獄なんだと思う」

「それならなおさら、吐き出した方が楽にならないか？」

思わず言った芳賀に、志築は白々とした視線を送った。

「誰もが、あんたみたいな単純バカだと思わない方がいい。小泉がああなったのには、理由がある。それはたぶん、自分でも口にできない……口にしたくないほど深い理由なんだ。それは……彼が自分で乗り越えるしかない、ものすごく高くて険しい壁なんだよ」

「執刀数の統計ですか？」

医局には、三人の秘書が勤務していた。常勤、非常勤含めて医師の数が多い上に、勤務体系や雇用体系が複雑で、さらに手術部のスケジュール管理も恐ろしく複雑だからだ。医局の手前にある部屋で、三人の秘書が勤務しているのだが、そのうちの手術部の管理をしている秘書を、芳賀は訪ねた。

まだ学生のような若い女性秘書は、胸に『荒木《あらき》』というプレートをつけていた。

「出てますよ。統計っていうほど立派なものじゃないですけど、どの先生が何の手術を何件執刀しているかは、抽出できます。ちょっと待っててくださいね」

荒木はパタパタとパソコンを操って、すぐに、データを出してくれた。

「えーと、これが心臓外科になりますね。うわぁ……」

荒木が目をぱちぱちと瞬《しばた》いた。

「すごい……。小泉先生の執刀数、着任月の倍近いですね……。芳賀先生も百五十パーセントを超えてます」

そして、さらにデータを呼び出してくれた。

「ああ、小泉先生の場合、名指しの紹介が圧倒的ですね。うちの心臓外科自体……」

どうやら、荒木はデータ処理のエキスパートらしい。

「小泉先生と芳賀先生がいらしたのが、十月で……今が十二月ですから、この二ヵ月で、受診数が以前の倍近くになっています。うわぁ……気づかなかった……。そりゃ、診療報酬が上がるはずだわ……」

　プリントアウトしましょうか？　と言ってくれたので、芳賀はそれをもらって、医局に戻った。

「これ……まずくないか……？」

　激務だとは聞いていたし、お互いの助手として、目の当たりにもしてきた。しかし、お互いに、別の医師を助手とする手術もあり、完全にその動きを把握しているわけではない。改めてデータとして見ると、この執刀数はちょっと異常だ。中には、一、二時間で終わる手術も含まれていたが、逆に言えば、小泉は、大学病院にいた頃には、そのレベルの手術は研修医時代にしか執刀していなかったはずだ。

　芳賀はフリーランスとして、あちこちを渡り歩いているせいで、さまざまなレベルの手術をしている。本来の専門はバイパス手術だが、心臓外科に関するものであれば、何でもできる。それは小泉も同じだろう。ただ、彼の場合、今年の春までは、難しい手術専門で、執刀数もそれほど多くなかったのだ。それが今は、外来に出る以外は、ほとんど手術室にこもりきりになっている。

「えーと……」

　データには、手術時間も入っていた。それを見て、再び芳賀は目を見張ることになる。

「手術時間が重なってる……？」

つまり、閉胸を助手に任せて、次の手術に入っているのだ。深夜にまで及んだ手術の翌日に、朝九時からの執刀が入っていたりもしている。

「確か、あの人んち……遠いよな……」

小泉の自宅は、病院から車で一時間と聞いている。往復で二時間だ。それに、手術が終わってすぐに帰れるわけではない。それだけの長時間手術になると、術後管理にも時間がかかる。

「もしかして……家に帰ってない……？」

基本的に、ここでは三次以外の救急を受けていないので、当直勤務はあっても、外来に対応する必要はないのだが、病棟のすべてが外科なのだ。急変はつきものである。その当直も小泉はやっていた。

芳賀も、当直や長時間手術はやっていたが、さすがに手術時間の重なりはない。そうなりそうなこともあったのだが、『無理』と断ったのだ。しかし、小泉はそれらをすべて受け入れていたらしい。

「……死ぬぞ。こんな働き方してたら」

彼は緩やかな自殺をしようとしているのか。絶対的な庇護《ひご》者だった冬木を失って、自暴自棄になっているのか。

医局内の二つ隣の小泉の席は、もちろん空いている。

「まだ、手術室にいるのか？」

芳賀はいてても立ってもいられずに立ち上がった。医局を走り出て、手術部に向かおうとして、ふと、ドアが開いたままのカンファレンス室が目に入った。

「誰か、いる？」

この病院の医局は、ガラスの壁で、他の区域と仕切られている。その中に、それぞれの医局と会議やちょっとした休憩にも使えるカンファレンス室がいくつかあるのだ。その一つのドアが開いていた。ひょいと覗き込むと、ソファの端から少し艶《つや》を失った黒髪が見えた。

〝え〟

するりと中に滑り込み、そっとドアを閉める。

ソファに崩れるようにして眠っていたのは、小泉だった。スクラブに白衣を羽織った姿だ。たぶん、手術の後、ロッカールームに戻って着替えて、帰るところまで行き着けなかったのだろう。とりあえず、眠れる場所に潜り込んで、倒れ込むように眠ってしまったといった風情だった。

「おい……」

手術室では、いつもきりりとした表情をしているので、気づかなかった。気絶するように眠っている小泉は、まるで壊れた人形だ。青ざめた顔。色を失った唇。こけた頰。そして、華奢で、今にも折れてしまいそうなほどに痩せた身体《からだ》。

〝何で……気づかなかった……〟

芳賀は思わず自分の髪を摑《つか》んでいた。きつく唇を嚙みしめる。

〝毎日、顔を見ていたのに……なぜ、気づかなかった……っ〟

彼の姿を毎日見られる嬉《うれ》しさに、明らかに目が曇っていた。疲れているのかなとは思ったが、ここまでひどいとは。

「傷ついた小鳥とかって……絶対に自分がけがしてるとこを、見せないんだよな……」

できることなら、もう少し寝心地のいいベッドのある仮眠室に連れていってやりたかったが、せっかく眠っているのを起こしたくなかったし、お姫様抱っこで運んだりしたら、それこそ殴り倒された上に、二度と傍に寄れなくなる。

芳賀は部屋のドアに『使用中』のプレートをかけると、そっと滑り出た。もう少しだけ。とりあえず、この眠り姫をもう少し眠らせてやりたかった。

スマホのバイブが手の下で動いて、小泉は恐ろしく重い瞼《まぶた》をようやく開いた。

「あれ……?」

今日は午前中の外来の後、昼休みを取る間もなく、手術室に入った。二時間の手術を執刀した後、放射線科に移って、カテーテル手術を二件こなした。時間的には、七時前に終わったので、帰ろうと思った。実を言うと、この三日ほど自宅に帰っていなかった。車の運転が億劫《おっくう》で、汗をかいた時用の着替えがあったのを幸い、仮眠室やカンファレンス室で勝手に泊まっていたのだ。今日こそは帰らなければならない。母からは心配するメールが山ほど入っている。でも、少し眠らないと車の運転などできそうにない。だから、二時間だけ眠ろうと、目覚ましをかけて、ソファに倒れ込んだのだ。

「毛布……」

ソファに倒れ込んだだけだったはずなのに、なぜかきちんと寝かしつけられていて、ご丁寧に毛布まで掛けられていた。すぐには身体を起こせなくて、じたばたしていると、すっと手が伸びてきて、優しく抱き起こしてくれた。

「ありがとう……」

言いかけて、え？　と視線を向けると、そこには、芳賀の心配そうな顔があった。

「芳賀先生……」

「おはよ。腹へってるだろ？」

芳賀の声はいつになく優しかった。自在に声音を操る男だが、今は素の声のようだ。眉《まゆ》根《ね》を寄せ、何だか今にも泣きそうな顔をしている。小泉はふっと笑ってしまった。

この自信満々な男でも、こんな顔をするのか。まだ半分くらい眠りの中にいるので、感情の抑制が効いておらず、小泉は子供のような口調で言った。

「……それより、喉《のど》が渇いた」

はっと我に返ったように、芳賀はテーブルに置いていたタンブラーを渡してくれた。

「まだあったかいと思う」

「うん……」

受け取って、一口飲むと甘くしたミルクティーだった。熱すぎず、ふわっとあたたかくて、心までふんわり緩みそうだ。

「それと……これ」

ちゃんと皿にのせられたサンドイッチだった。中身はチキンサラダと卵サラダだ。ラップがかかっていたので、乾いておらず、しっとりと優しい味わいだった。どちらも作りたてっぽい。もしかしたら、芳賀が兄に頼んで作ってもらったものなのか。

「美味しい……」

素直につぶやいた小泉に、芳賀は眉根を寄せたまま言った。

「あんたさぁ……こんな生活続けてたら、本当に死ぬぞ。せめて、寝るのと食うのはちゃんとやれよ。家に帰るのがめんどくさいなら、近くにセカンドハウス借りれば？　余裕のある時に、家に帰ればいいじゃん」

「……母が悲しむ」

小泉はぽつりと言った。

「母は、父についていけなかっただけで、十分に寂しいし、傷ついてる。これで、僕までいなくなってしまったら……」

「あんたが永遠にいなくなるよりマシだろ」

〝永遠に……いなくなる〟

小泉はぼんやりと考える。

〝いっそ……あの時、殺されてた方が楽だったのかな……〟

小泉は、二人の男にレイプされた後、どうやってホテルに戻ったのか、覚えていなかった。気がついたら、バスルームに座り込んでいた。返り血だけでなく、自分自身の出血があまりにすごくて、何度も気絶しかけた。実際、出血は数日間止まらず、小泉は血まみれになる下着を母に隠して、何枚も捨てた。若くて健康だったからだろう。恐らくひどかったに違いない裂創は化膿《かのう》することもなく治ったが、あんな不潔な場所で裸にされて、レイプされたのだ。傷が化膿して、敗血症になっても不思議はなかったし、何より、男たちは顔を隠していなかった。あの場で殺されなかったのは、本当に運がよかったのだろう。しかし。

〝あそこで殺されていたら……僕はこれほど苦しまずにすんだのかもしれない……〟

両親を悲しませたくなくて、苦しませたくなくて、小泉は事件のことを隠し続けた。翌日はまともに歩けなかったが、それでも、両親の前でだけは、必死にいつもの顔を繕い続けた。それは今も続いている。誰よりも尊敬する父と、その父を崇拝する母を悲しませたくなくて、彼らの前では、幼い頃の明るい一人息子の顔を演じ続けている。

でも、叫び出したくなることがある。両親の前で作り笑いをしながら、感情が堰《せき》を切るのを恐れ続けている自分が確かにいる。

『僕は男たちに汚された。何度も何度も二人がかりで犯された』

『僕は人を殺した。自分を襲った男を殺した』

誰にも言えない秘密。十七年間抱え続けている秘密。

でも、きっともう限界は近い。高校までは、母が守ってくれた。大学に入ってからすぐに、父に冬木を紹介され、それからは冬木が守ってくれた。

でも、もう誰もいない。母に守られる年齢はとうに過ぎ、冬木ももういない。

「君は……怖くなかったのか？」

小泉はぽつりと言った。

「医局を辞めて、アメリカに渡って……。アメリカでも日本でも、後ろ盾はなかったのだろう？」

「まぁ、失うものはなかったから」

芳賀は微《かす》かに笑った。

「求めるもの、探しているものがあっただけで、失うものは何もなかったから」

「君は……強いな」

いつの間にか、サンドイッチは食べ終わっていた。ミルクティーの最後の一口を飲んで、小泉はため息をつく。

「僕は……どうしてこんなに弱いんだろう……」

成長期に、精神的にも肉体的にも大きなショックを受けたせいなのか、小泉の成長は十五歳で止まってしまった。父も母もすらりとした長身なのに、一人息子の小泉は華奢で、背も低く、少年のようにほっそりとした体型のままだ。

「僕は……」

「その方がいい」

ふいに言われて、小泉は目を瞬いた。目の前にある芳賀の宝石のような瞳《ひとみ》をまともに見てしまい、はっと身体をこわばらせて、視線をそらす。

「何がいいんだ」

炭水化物とタンパク質、糖分を摂《と》って、だんだん頭がはっきりしてきた。小泉はぼそりと言った。

「何がいいって……」

「あんたの一人称」

芳賀は甲斐甲斐《かいがい》しく、空になった皿とタンブラーを片付ける。

「〝私〟より〝僕〟の方がいい」

手際よく、それらを紙袋にしまって、芳賀はにっと笑った。

「無理してる感じがなくなった」

「君は」

小泉は立ち上がった。とりあえず、目も覚めたし、血糖値も上がった。これなら、家に帰れそうだ。

「芳賀じゃなくて、バカだな……っ」

言い捨てて、ドアに向かった小泉は、少しためらってから振り向いた。

「……でも、礼は言っておく」

「小泉先生」

小泉は、芳賀の目まではいかないが、鼻のあたりを見ていた。

「……ありがとう」

ACT 7.

小泉《こいずみ》と芳賀《はが》が、至誠会《しせいかい》外科病院で働くようになって、三ヵ月目に入っていた。

「へえ……クリスマスツリーだ」

病院のエントランスホールは、二階まで吹き抜けになっていて、天井が高い。十二月に入って、その吹き抜け部分に、大きなクリスマスツリーがお目見えした。昨今のクリスマスツリーはLEDライトなどで飾りつけられることが多いが、このツリーは昔ながらの可《か》愛《わい》らしいオーナメントで飾られていた。病院という場所柄、夜に光る必要はないからだ。

「何だか、素朴な感じだな」

芳賀が立ち止まって見上げていると、後ろから来た小泉が言った。

「さっき田巻《たまき》先生からうかがったが、この病院ができた時に、さる資産家からいただいたものだそうだ」

「レンタルとかじゃないんだな」

「出すのとしまうのが大変だとおっしゃってた」

すっと追い越していこうとする小泉に、芳賀は肩を並べた。

二人はいつものように手術部に向かっていた。しかし、その足取りは軽くない。

「……なぁ」

「次の手術の執刀……」

芳賀は低い声で言った。

「……いいのか？」

小泉がすっと顔を上げた。白い小さな顔がわずかに緊張して見えた。血の気のほとんどない唇がきゅっと噛《か》みしめられている。

「いいとは？」

小泉のぴんと通る高めの声。

「いいも悪いもない。誰が見ていようが、誰がそこにいようが、僕は僕の仕事をするだけだ」

「……だな」

いつものように、エレベーターではなく、階段を上りながら、芳賀はふっと息を吐いた。

その話を田巻が切り出したのは、昨日の午後だった。

「手術の見学？」

ふらりと心臓外科の医局に現れた田巻が、小泉と芳賀をソファに招いて、少し言いにくそうに告げたのだ。

『東興《とうこう》学院大医学部の佐々木《ささき》教授が、学生や若い外科医を連れて、小泉先生の手術を見学したいと言ってきた』と。

「いや、患者の同意が取れないでしょう」

芳賀が少し笑いながら言った。

「明日の話ですよ？　患者だって、心臓の手術なんて緊張している。今さら、見学したいと言われても」

至誠会外科病院の場合、手術室が多いため、直接の見学はできず、モニター室からカメラを通しての見学にはなるが、やはり患者の顔を完全に隠すことは難しいので、見学には、基本的に患者の同意が必要だ。院内の医師であれば、それほどうるさいことは言われないのだが、部外者の見学となると話は別である。

「それが」

田巻は困ったような顔をしている。

「同意はもう取れているそうです」

「はぁ？」

芳賀が語尾を引っ張り上げた。

「何なんですか、それ」

小泉は黙っている。

佐々木は、冬木《ふゆき》の急逝の後、行われた教授選で、小泉を大差でねじ伏せて教授になった。出身はT大で、向こうでは講師止まりだったのだが、小泉を嫌う反冬木派に担ぎ出されて、見事教授の座を射止めた。大きな功績はないのだが、瑕疵《かし》もない。冬木派が、小泉と講師の酒井《さかい》に割れて、上手《うま》く票をとりまとめられなかったため、漁夫の利のような形で、佐々木が教授の座についたのだ。

しかし、弁膜症手術の第一人者で、海外でも評価の高かった冬木に対して、佐々木は、同じ弁膜症手術を専門とはしていたが、大きな功績も名声もない。むしろ、若き美貌《びぼう》の天才として、冬木の代わりに公開手術を執刀していた小泉の方が、父であるハンブルク大学の小泉教授の名もあって、学会的にも評価は高かったくらいだ。

「佐々木先生が教授になってから、東興の心臓外科は大きく患者を減らしていましてね。やはり、生え抜きではないから、東興の出身者は紹介したがらないし、対外的にも、冬木くんや小泉先生のように、大きなアピールのできる人でもないから、開業医だけでなく、他の病院からも紹介が来にくい。そんなわけで、最近の東興の心臓外科は、あまり評判がよくないんです」

「それとこれがどう繋《つな》がるんですか？」

小泉がようやく言葉を挟んだ。

「佐々木先生は教授になったばかりです。名前を売っていくのはこれからでしょう。一時的な手術件数の落ち込みは、織り込み済みでは？」

「その落ち込んだ分が、こっちに回ってきているという噂《うわさ》がありましてね」

田巻が少し憂鬱《ゆううつ》そうに言った。

「どうやら、出所はうちをやめた江川《えがわ》先生らしいんですけど」

江川は、冬木や田巻、小泉の父と同年配のベテランだった。激務にはもう耐えられないとやめたはずだったのだが、どうもそうではなかったらしい。

「江川先生は……冬木くんと折り合いが悪くて、東興を出た人だったから。私が院長になった時も、一度辞表を出していて、あの時は心臓外科のスタッフがあまりに足りない時で、待遇を引き上げることでどうにか慰留したんですが、今回は小泉先生と芳賀先生がいらしてくださるからと、特に慰留しなかったのがまずかったらしいです」

「くだらねぇ」

ぼそりと言ってから、芳賀がはっとした顔をした。

「あ、すみません……っ」

「いや、私もそう思っています」

田巻が苦く言った。

「江川先生は、冬木くんや私、小泉先生に含むところがあるらしくて、まぁ、いろいろと噂を流したようです。それが回り回って本丸に流れ着いてしまったと」

「もしかして」

小泉が平坦《へいたん》な口調で言った。

「あの患者、東興に回るはずだった人ですか？」

「正解」と田巻が頷《うなず》いた。

「佐々木先生と懇意にしている開業医からの紹介だったらしいですね。その先生は佐々木先生に回すつもりだったんですが、患者がうちを希望したらしくて。それなら、紹介する代わりに、手術見学の申し込みがあったら断らないようにと……言い含められてきたらしい。まぁ、命がかかっていますから。手術を見られるくらいどうってことない、それよりも、自分が納得できる執刀医に身を任せたい。そういう患者の心理を利用したわけですね。だから、手術日も手術時間も正確に知っていたというわけです」

田巻は首を横に振った。

「もちろん、断ってくれてかまいません。もともと、うちのモニター室は多人数の見学には向いていないですし。ただまぁ、あなたに黙って断るのも何ですから……」

「いえ」

小泉は軽く頷いた。相変わらず、淡々とした無表情だ。

「僕は構いません。患者の了解が取れているなら、見学をしていただいて結構です」

「小泉先生……」

田巻が一瞬絶句する。芳賀もびっくりして、隣に座る小泉の硬い横顔を見つめてしまった。

「お、おい……いいのかよ……」

「見られて困る手術はしていない」

小泉はスパッと言い切った。

「必要なら、解説をしましょうか？　手術後の質疑応答は、前立ちの芳賀先生にお譲りしますが、術中の解説なら構いません」

術中の解説とは、公開手術でたまに行われるもので、執刀医が小型のマイクをつけて、手技を解説しながら、手術を行うものだ。小泉は公開手術で、何度かこの解説をしている。

「……小泉先生がそうおっしゃるなら」

田巻は静かに頷いた。

「それでは、あちらにはそのように回答しましょう」

無影灯がいっぱいに光量を上げて、点《つ》けられていた。

白い壁とメタリックな天井、手術台、さまざまな器械。患者はすでに麻酔が導入されていて、深い沈静の中にいる。

「いつでもどうぞ」

クールな麻酔科医の声が響く。ブルーの手術帽にマスク、同じブルーの手術着とガウンという姿の小泉が、すうっと音もなく進み出た。ほっそりと小柄な小泉だが、手術室に入ると、その存在感は圧倒的だ。

芳賀はすでに、前立ちの位置で待っていた。透き通る宝石の瞳《ひとみ》が、小泉を見つめる。

「午前十時十分」

小泉の澄んだ声が時間を読む。

「術式、大動脈弁置換術。それでは、執刀します」

「よろしくお願いします」

スタッフが和して、手術が始まった。

大動脈弁が硬くなることによって、機能しなくなる大動脈弁狭窄《きょうさく》症の手術は、体外循環を確立し、大動脈遮断の後、心筋保護液で心停止する。

「心停止。体外循環に移行」

麻酔の志築《しづき》がモニターを確認しながら言った。小泉が頷く。

「心停止を確認後、上行大動脈を斜切開する」

小泉は小さなマイクをつけていた。舞台公演などで使われるタイプのものだ。それを耳の近くにつけて、声を拾わせている。

「切開線は、高すぎると切除する弁が遠くなり、冠動脈起始部に近づきすぎても、大動脈閉鎖の際に、血流障害を招きやすい」

小泉は滑舌がいい。クリアな声が響く。

「ＲＣＡ（右冠動脈）の起始部から……この患者の場合、１・５から2センチ distal（末端）で行う」

小泉のグローブに包まれた長い指がメスを巧みに操る。

「切開の延長は、左側はＬＣＡ（左冠動脈）起始部に切り込まないように、大動脈遮断部位に繋がらない方向に。右側は、基本的には弁輪拡大ができるＬＣＣ（大動脈弁左冠尖《さかんせん》）からＮＣＣ（大動脈弁無冠尖《むかんせん》）交連部に切開を延長する。今回は斜切開なので、切開線に変曲点ができる。その両側に stay suture（支持縫合）をおくと、後で合わせやすい」

とても、繊細な手術を行っているとは思えないほど、小泉の言葉にためらいはなく、口調も滑らかだ。

「切開を広げる際には、広げることだけが目的ではなく、何をするかを考えて、切開線をデザインすることが大事だ」

大動脈を切開したら、弁を観察できる視野を作って、大動脈弁を切除。大動脈弁輪の石灰化を処理する。

「大動脈弁輪の石灰化処理では……」

淀《よど》みなく、小泉の解説は続き、そして、その手は一切の躊躇《ちゅうちょ》なく、確実に血管を切り開き、大動脈弁を切除し、弁輪にこびりつく石灰化部を巧みに剝《は》がして除去していく。

「弁輪脱灰の際は、左室内へのデブリ落下を防ぐために、小さな濡《ぬ》れガーゼを弁輪から左室内に詰める。当然のことながら、脱灰終了後には、これを取り出すのを忘れないこと」

芳賀は、小泉のサポートをしながら、この術野と彼の卓越したテクニックをじっと見つめているに違いない視線を思った。

〝しかし……今日の手技の冴《さ》えは、またいっそうすごくないか……？〟

前に立つ『メスを握る天使』は、汗一つかかずに、淡々と指先を走らせている。

「手順としては、弁輪にかけた針と糸を、挿入した人工弁に通して、結紮《けっさつ》する」

小泉の、ほとんど黒く見えるほど黒目がちの瞳は、一目で挿入する人工弁をチョイスする。置換する人工弁は、なるべく大きな弁を入れるため、確実に弁輪にフィットさせる置換術が求められる。

「弁輪への糸かけは、マットレス縫合でも、単結節縫合でも、基本的には弁輪に垂直にかける必要があり、それぞれの解剖学的な形態を意識し、垂直に刺入《しにゅう》できる針の角度を定型化し、身体《からだ》に覚え込ませておくことが肝要だ」

そこからの小泉の手技は、まさに神業と呼ぶにふさわしいものだった。

ＬＣＣ、ＲＣＣ（大動脈弁右冠尖《うかんせん》）、ＮＣＣそれぞれで、針付き縫合糸をつけた持針器の持ち方を変え、フォアハンド、バックハンドと目まぐるしくポジションを変えながら、人工弁を植え込んでいく。

手術室の空気が、ぴんと張りつめている。誰もが、背後に炎をまとうような天使の姿に、圧倒されている。

執刀医に、次々にメスや持針器を渡していく器械出しのナースが、針糸をつけた持針器をずらりと並べ、小泉が要求する度に、持針器を交換し、針糸を付け直しているが、それが間に合わないくらい、小泉の縫合は速く、確実だ。

「まだまだ麻酔絞れそうだなぁ」

妙にのんびりとした志築の声がした。彼は手術とはまったく別の次元で仕事をしている。執刀医の腕など知り尽くしているとばかりに、術野を覗《のぞ》くこともなく、淡々と体外循環を管理している。執刀医が手術に集中できるよう、最適な状態に患者をキープするのが、麻酔科医の役目と心得ているのだ。

「これは当たり前のことだが」

凛《りん》と響く小泉の声。

「マットレス縫合の場合、見てわかる通り、結紮が進むにつれて、弁輪が少しずつ小さくなる。このため、結紮の順番は、隣を順に移動していくのではなく、対角対角と移動して、結紮を進めていくのが原則だ」

弁の植え込みを終えると、小泉は大動脈の切開部にかけていた糸を軽く引いて、視野を展開した。見学者に挿入した人工弁を見せるためだろう。

「それでは、これから大動脈切開部を縫合閉鎖する」

小泉が宣言し、手術は終わりに向けて、最後の仕上げに入ろうとしていた。

モニター室に残っていたのは、田巻と佐々木の二人だった。

「連れてきた連中は先に帰したよ。総勢十二名でお邪魔したんだが、みな、初めて見る天使のテクニックに感嘆していたよ」

佐々木は、ウェーブした白髪を撫《な》でながら、まだ汗に濡れた手術着のままの小泉と芳賀をちらりと見て、軽く鼻で笑った。

芳賀は止めたのだが、手術を見学させた手前、挨拶《あいさつ》なしというわけにはいかないだろうと、小泉はモニター室に向かったのである。

「なるほど、あれが冬木先生と小泉教授のハイブリッドのテクニックというわけか」

「それは……小泉先生に対する侮辱であると同時に、当院への侮辱でもあります。今後、見学は一切お断りさせていただく」

佐々木の後ろにいた田巻が、めずらしくも気色ばんだ口調で言った。

「それは困りますねぇ。今日連れてきた学生たちが、『メスを握る天使』の神業を喧伝《けんでん》するでしょう。これから、見学希望者が殺到すると思いますよ。今は亡き冬木先生と遠くハンブルクにいらっしゃる小泉教授のテクニックが、日本で見られるんですから」

どこかねっとりとした言い草だ。いつも穏やかな田巻がきっと眉《まゆ》を逆立てる。

「佐々木先生、言っていいことと悪いことが……っ」

「小泉先生の手術が、冬木教授と小泉教授の真似《まね》にしか見えないとしたら、あんたの目は節穴ってことだな」

芳賀がすっと一歩前に出た。

「初めましてかな、佐々木先生。今日の手術で前立ちをさせていただいた芳賀と申します。以後お見知りおきを」

妙に礼儀正しく頭を下げてから、芳賀は顔を上げた。

「なるほど。小泉先生と俺がここに来てから、心臓外科の手術が激増してるって聞いたけど、東興が役立たずになっていたからなんだな」

「な、何……っ」

佐々木が顔色を変える。芳賀は平然と続けた。

「あんたみたいなヤブが頭になってたんじゃ、そりゃ、紹介したくなくなるわなぁ」

「芳賀先生」

それまで無言を貫いていた小泉の凛とした声が響いた。

「それ以上言ったら、蹴飛《けと》ばすぞ」

庇《かば》おうとする芳賀を、びっくりするような力で押しのけて、小泉が佐々木の前に立った。顔にはほとんど汗をかいていなかったが、ガウンに隠されていた手術着は汗に濡れ、身体のラインが透けるようだ。ほっそりとした華奢《きゃしゃ》な身体だったが、炎がまだ燃え立っているような強烈なオーラを放ち、その場の全員が思わず言葉を失った。性別も年齢も不詳の美しい顔。黒々とした大きな瞳が、その場を焼き尽くすような強い光を放つ。

「東興は僕を育ててくれた場所だ。侮辱は許さない」

小泉は静かに佐々木を見つめた。人を凝視することなどめったにない小泉が、佐々木をじっと見ている。その瞳の力の強さに、佐々木が気圧《けお》されたように半歩後ろに下がる。

「手術を見てくださって、ありがとうございました」

ふいに、小泉が深々と頭を下げた。

「あ、ああ……」

そして、すっと顔を上げる。

「ご納得いただけましたか」

きんと響くクリアな声。

あなたのいる場所から、僕のところへ患者が流れるわけを。

あなたなど足元にも及ばない、この僕の力を。

強い瞳が語る言外の意味に、佐々木は声もないようだった。射すくめられたように立ち尽くし、異形の美しい生き物の視線に縛り付けられた後、すっと一歩後ずさりした。そして、そのまま、足早にモニター室を出ていった。

「………」

「おい……っ！」

その後ろ姿がドアの向こうに消えた瞬間、小泉は糸の切れたマリオネットのように、その場に崩れ落ちていた。

ACT 8.

モニター室で倒れた小泉《こいずみ》は、田巻《たまき》と芳賀《はが》によって、手術部内にある回復室に運び込まれた。バイタルはしっかりしており、すぐに意識を取り戻したため、過労と緊張が急にほぐれたための意識消失とされて、点滴を一本入れてもらった。

「明日はしっかり休むように」

ありがたいことに、明日は日曜日だ。さしもの激務でならす病院も、日曜日は定期の手術は組まれない。田巻のありがたいんだか、ありがたくないんだかよくわからない言葉をもらって、小泉は芳賀と共に病院を出た。

「……帰るのか?」

芳賀が心配そうに尋ねてくるのに、小泉はふらりと頭を振った。

「車を運転したくないから、タクシーで帰る」

「あのさ」

芳賀が言った。

「俺んち、寄ってかない？」

「え？」

芳賀がそっぽを向きながら言った。

「兄貴のとこから、何か栄養のつきそうなもの、デリバリーするからさ。それ食べて、少し休んでから帰れば？」

小泉は無言のまま、とぼとぼと歩いている。もう、疲労は限界まで来ている。身体《からだ》がだるいのもあるが、もう精神的に限界が近い。絶対的な庇護《ひご》者に守られていない自分は、こんなにも弱い。

「………」

小泉はこくりと頷《うなず》いた。

頭の中が白く淀《よど》んでいる。何も考えられないし、考えたくない。

「うん」

芳賀も嬉《うれ》しそうに頷いた。

「じゃ、行こう。五分くらいなら歩けるだろ？」

芳賀の住むマンションは、病院のすぐ傍《そば》だ。その立地はたまたまなのだという。

「近くに病院があることは、兄貴も知ってたみたいだけど、まさかこれほど特殊な病院とは思っていなかったらしい」

芳賀の部屋に落ち着き、ソファに身体を沈めて、小泉はため息をついた。

芳賀は、料理をデリバリーしてもらうと言ったが、それではあまりに申し訳ないし、とりあえず座ってはいられそうになったので、食事は『マラゲーニャ』で摂《と》った。さすがにワインはなしにして、サラダや、この前食べて美味《おい》しかったエビパン、海の幸がたっぷり入ったリゾットなどを少しずつ食べて、ようやく人心地がついた。

「コーヒー飲む？」

「いや……ミネラルウォーターはあるか？」

「あるよ」

芳賀が冷蔵庫からミネラルウォーターのボトルを出して、持ってきてくれた。それを一口飲んで、小泉は再びため息をついた。

「感情的になるなんて……外科医失格だな」

何を言っているのか？という顔をしていた芳賀だったが、すぐにああと頷いた。

「いいんじゃねぇの？　あのおっさんにはあのくらい言って。棚ぼたで教授職に就いたけど、あの程度だと、下の者もついてこないだろうな」

「……冬木《ふゆき》先生の代わりには、誰もなれないよ」

小泉は物憂げに言った。完全に精神的なガードは外れていた。もう、自分を堅い殻で守る気力もない。

「僕は……」

少し苦しそうに息を吐く。

「これから……どうなるんだろうな……」

「どうなるって……」

芳賀はそっと立ち上がった。力なく目を閉じた小泉の隣に、静かに座る。今までなら飛び離れていたに違いない小泉は、まるで眠るように目を閉じているだけだ。

「あんたは……誰かに守ってほしいのか?」

芳賀はささやくように尋ねた。

「あんたが守ってほしいなら……俺が守るぞ」

「え……?」

芳賀の腕がすうっと小泉に近づいた。細い肩に腕が回って、抱き寄せられる。

「あんたが守ってほしいと言うなら、俺が全力で守る」

耳元でささやかれると同時に、腕の中に抱きしめられた。

「芳賀……」

「何で……こんなに可愛《かわい》いんだよ……」

芳賀のささやきが耳たぶをくすぐる。

「可愛すぎだろ……」

『可愛い』

誰かにささやかれた記憶。

『可愛いのが……』『可愛く……』。

あれは日本語ではなかった。頭ががんがんする。何も考えられない。

「可愛い……？」

小泉の声がかすれた。

「僕が……可愛い……？」

「ああ、たまらないくらい……可愛い」

抱きしめられ、耳元に吐息でささやかれた瞬間だった。

「……っ!!」

小泉の唇から、凄《すさ》まじい叫びが溢《あふ》れた。

「お、おい……っ」

両手で耳を塞《ふさ》ぎ、身体を固く丸めて、小泉は叫び声を上げる。

「触るなぁっ！　僕に触るなっ！　さわるなっ!!」

ソファから転げ落ち、ラグの上を転がりながら、絶叫する。

「さわるなっ!! 殺してしまうっ!! さわるなぁっ!!」

『可愛い』と言われながら、小泉は陵辱された。まだ幼かった身体を無理矢理開かれて、幾度も幾度も犯され、汚された。

「小泉……しっかりしろ！ 小泉！」

だから、殺した。自分を守るために殺した。

あれからずっと、心の中に、ともすれば暴発しそうになるものを抱え続けてきた。何かがトリガーになって、いつか爆発してしまう。小泉はそれをずっと恐れ続けていた。

「さわるなっ！ 殺すぞっ！ さわるなぁっ!!」

大きな目を裂けるほど見開き、血の気の失《う》せた真っ白な顔で、小泉は絶叫し続ける。何とか、パニック状態の小泉をなだめようと、芳賀は腕を伸ばし、小泉を抱き留めようとするが、パニックはますますひどくなり、小泉は床にがんがんと頭を打ち付け始めた。最悪のパニック発作だ。

芳賀は、自分が触れることによって、小泉のパニックがひどくなることがわかったらしい。ただ、なすすべもなく、その凄まじいパニック発作がおさまるのを祈ることしかできないようだ。

「殺したくない!! もう……殺したくない!!」

両手で頭を抱える。涙も出ない。泣くこともできないくらい、小泉の心の傷は深い。泣きわめいて、すべてを流せたら、どれほど楽になれるか。

「僕を……殺してくれっ!!」


小泉のパニックは、三十分ほどでおさまった。自傷もあったが、それはほんの数分のことで、あとは声が嗄《か》れるまで叫び、最後は泣きわめき、涙が出るようになると逆に落ち着いてきたようだった。ひくひくとしゃくり上げながらも、ようやく叫び声は上げなくなり、やがて、ぐったりとラグに横たわった。

「……僕は」

小泉はがさがさにかすれた声で言った。

「人を殺したことがある……」

「人を……殺した……？」

芳賀が柔らかく穏やかな声でそっと言った。小泉は小さく頷く。

「僕を……レイプした男を……殺した」

それは、初めて口にする恐ろしい記憶。

「中学の最後の夏休み……僕は……二人の男にレイプされて……そのうちの一人を殺した」

「詩音《しおん》」

芳賀が初めて、小泉の名前を呼んだ。

「それは……もしかして、ニューヨークじゃなかったか……？」

小泉の全身がびくりと震えた。

「アメリカの……ニューヨーク。場所は……名前は忘れたけど、大きなホテルの傍」

芳賀が静かに手を伸ばした。

「触らないから、心配しないで。起きられる？」

「………」

小泉はのろのろと身体を起こした。虚脱状態で立ち上がることはできず、ラグに座り込んで、後ろにあるソファに寄りかかる。黒髪が乱れて、額や頬《ほお》に張りついているのが痛々しい。パニック発作の凄まじさを表しているようだ。

「俺さ、高校生の時、夏休みにニューヨークの両親のところに遊びに行ったことがあるんだ。一ヵ月くらいいたかな」

芳賀はすっと小泉から離れ、キッチンに向かった。冷蔵庫を開け閉めする音がして、やがて、レンジアップの音が聞こえた。ふわふわと湯気の上がるカップを持って、戻ってくる。

「ホットミルクだよ。蜂蜜《はちみつ》入れて、ぬるくしてある。落ち着くから、飲んでごらん」

子供をあやすように、芳賀の声音は優しかった。小泉は素直に渡されたカップを抱えた。微《かす》かにオレンジの風味のするハニーミルクだ。

「その時、俺、詩音を見てる。会ったってより、見たって言う方が正しい」

ラグに座り込んでいる小泉から少し離れて、芳賀はソファに座った。やはりしらふで話すのは苦しいのか、彼はグラスにウイスキーを入れて、持ってきていた。

「俺の母親、医者だって言っただろ。ニューヨークのER勤めなんだよ。あの日、俺は親《お》父《や》《じ》が作った夜食とコーヒーを母親の職場に届けに行ったんだ」

一口ウイスキーをストレートで飲んで、少し苦い顔をする。

「そこで、母親がめいっぱい口汚く罵《ののし》りながら、刺し傷や切り傷だらけの男の手当てをしているのを見た」

ホットミルクを飲んでいた小泉の手がふと止まった。うつろな黒い瞳《ひとみ》が、芳賀を見上げている。芳賀は安心させるように力強く頷いた。

「大丈夫。大丈夫だからな」

小泉がすっと視線をそらした。細く白い首筋が頼りなげで、哀《かな》しい。

「……手当てを終えて、母親が出てきて、俺がいるのを見て、何とも言えない顔をしたのを覚えてる。母親はハーフだし、ブルネットだけど、完全にあっち寄りの顔だから、見た目はアメリカ人にしか見えない。でも、俺は隔世遺伝ってのかね、この通り、クォーターのせいもあるけど、アメリカの血も入っているのに、瞳の色と髪の色以外は日本人にしか見えない顔だ。そんな俺を見て、母親は何とも言えない顔をした」

ウイスキーをもう一口飲む。

「母親が手当てをして、命を助けちまった男は、東洋人の男の子に刺されたとわめいていたらしい。警察呼ぶ？ って聞いたら、口を濁したんで、こいつ何かやらかしてきたなと思ったら……その男の子をレイプしてきたって、白状した。ナイフで脅して、レイプしたって。そのナイフで逆に刺されちまったけど、でも、おつりが来るくらい、恐ろしく具合がよかったってニヤニヤしていたから、麻酔なしでざくざくナートしてやったって言ってた」

「………」

「けがした男とそいつを運び込んできた男と二人連れだったから、たぶん、その子は二人にレイプされている。母親は……ひどく心配そうだった。あんなでかい男たちにレイプされたら……ショックで死んでもおかしくない。母親は、そんな悲惨な事件をたくさん見てきたから」

芳賀は苦しそうに言った。

「母親が聞き出した場所に、俺は兄貴と一緒に行った。もしかしたら……警察沙汰《ざた》にはしたくないかもしれない。レイプ事件って……被害者の方がつらい思いをすることが多いから。でも、もうそこには誰もいなかった」

　踏み荒らされた砂埃《すなぼこり》だらけの路地。血だまりがいくつかあって、血痕《けっこん》も落ちていたので、場所は間違いないと思ったが、すでにそこには誰の姿もなかった。

「ホテルの傍だったし、東洋人だって聞いたから、もしかしたら、ホテルに泊まってたのかもしれないって思って……翌日、ホテルの前まで見に行った。……心配で」

「芳賀……先生……」

「しばらく前でうろうろしてたら……詩音が出てきた。歩き方で……わかった。母親の病院で……レイプの被害者を何度か……見てたから」

　確かに、あの朝は地獄だった。歩く度に犯されて裂けてしまったところから全身に痛みが走って、ひどい出血も相まって、一歩歩く度に身体を切り裂かれるようだった。

「天使みたいにきれいだと思った。こんなにきれいな子には会ったことがないと思った。でも……声はかけられなかった。何を言えばいいのか……わからなかった」

　小泉は小さく震えていた。あの恐ろしい記憶の真実が目の前にある。

「詩音は誰も殺していない。あの男は、俺の母親が助けちまった。三日くらい入院して、ぴんぴんして退院してったよ」

「でも……」

　小泉は痛々しくかすれた声で言った。

「あいつを抱き起こした男が……死んでるって……僕が殺したって……」

「それはたぶん、詩音が警察に駆け込まないように脅したんだと思う。未成年者への性的暴行は重罪だから。逮捕されて、有罪判決を受けると、リストに載せられて、検索できるようになってる。近所に男が引っ越してきたら、子供のいる母親たちはまず、その男が性犯罪者でないかどうかを検索するんだ」

「メーガン法か……」

小泉のつぶやきに、芳賀が頷いた。

「つらい思いを……したな」

「僕は……誰も殺していない……」

小泉は自分の右手を見つめていた。

「この手は……誰も殺していなかった……」

「ああ、詩音の手はたくさんの人の命を助けてきただけだ。誰も殺してなんかいない」

小泉は自分の右手を見つめ、そして、その手で顔を覆った。細い肩が震えている。やがて、微かな泣き声が聞こえた。

「誰も……殺していなかった……」

この十七年間、恐怖の記憶に怯《おび》えて生きてきた。自分が生きていていいのか。人を殺してしまった自分が生きていていいのか。そう自分に問いかけながら、でも、死ぬこともできなくて、生きてきた。

小泉はしばらくの間、声もなく泣いていた。ただ肩をふるわせ、声を殺して、泣き続けていた。

芳賀はそんな彼をただ見つめる。触れることはまだできない。小泉が自分で壁を壊して、こちらに手を伸ばしてくれるまで、触れてはいけない。

時間だけがゆっくりと過ぎていく。飲みかけのミルクはもう冷めて、蜂蜜の甘い香りもしなくなっていた。

と、小泉がすうっと顔を上げた。白い頰にはまだ涙が伝っている。

〝もう……終わったんだ……〟

小泉はゆっくりと振り返った。黒目がちの大きな瞳は、まだ涙に濡《ぬ》れていたが、微かに血の色を取り戻した唇には、この十七年間封印してきた、自然で穏やかな笑みが宿っている。

「……ありがとう」

固くこわばった手に握ったままだったカップをそっとローテーブルに置いて、小泉は芳賀を見つめた。

「君は……僕を救ってくれた。僕を……暗闇《くらやみ》の迷宮から連れ出してくれた……」

今度は、芳賀の方が動けなくなっていた。ウイスキーのグラスを握りしめたまま、透き通った瞳を見開いて、ただ小泉の黒く濡れた瞳を見つめている。

「……どうかしたのか？」

小泉の方がいぶかしげに尋ねた。

「い、いや……ごめん」

芳賀は引きつった笑みを浮かべて、グラスをローテーブルに置いた。

「今まで、詩音の笑顔って見たことなかったからさ……。微笑《ほほえ》みの一つも見せたことのなかった完璧《かんぺき》なドールがそんな風に可愛く笑ったら……その破壊力、詩音はわかってないだろ」

今まで、小泉を傷つけ続けてきた『可愛い』という形容詞が、なぜかすっと自然に受け止められた。そして、優しく呼ばれる『詩音』の名も。

「君に……名前で呼ばれるの、悪くない」

小泉は微笑みながら言った。

「今まで、自分の名前はあまり好きではなかったけど、君に呼ばれると悪くない気がする」

「詩音」

芳賀はささやくように言った。

「触れても……大丈夫か？」

小泉はしばらくの間、じっと芳賀の瞳を見つめていた。

「詩音？」

芳賀は視線をそらさなかった。二人は静かな二人きりの部屋の中で、ただ見つめ合っていた。

「……いいよ」

小泉が言った。

「……たぶん、大丈夫」

芳賀はソファから滑り降りた。小泉の隣に座り、そっと両手を伸ばして、柔らかい身体を抱きしめた。少しためらってから、小泉の腕が芳賀の背中に回った。二人は黙って、しばらくそのまま抱き合っていた。

「詩音をここで抱きたいって言ったら」

芳賀がため息混じりに言った。

「俺は……やっぱり鬼畜だよな……」

前に、ここで小泉に触れた時は、酔った勢いだったのと、小泉のトラウマの凄まじさを理解していなかったからできたことだ。

まだほとんど性的な知識も経験もなかったはずの十五歳の少年が、見も知らない複数の大人にレイプされた。何がどれほどのトラウマになるか。そして、それをどう乗り越えるか。それは人それぞれで、一概に語るわけにはいかない。

「あの朝、初めて詩音をホテルで見た時、本当に天使っているんだなって思った。本当にきれいで可愛くて……ホテルのドアマンに、あのきれいな子は誰だって聞いたら、日本人の有名な心臓外科医の子供だって教えてくれた」

「個人情報だな」

小泉がぼそっとつぶやいたので、芳賀は思わず笑ってしまう。

「心臓外科医の子供。それだけしかわからなかった。だから、俺も心臓外科を選んだ。もしかしたら、どこかで……詩音に会えるかもしれないって思って」

「え……」

あったかいなとつぶやいて、芳賀はさらにきゅっと強く小泉を抱きしめる。

「一目惚《ひとめぼ》れだったよなー。もう、しばらくそこから動けないくらいの衝撃だった。……追いかけられないのが、哀しかった」

「………」

芳賀は、最初から小泉がレイプの被害者であることを知っていた。そして、知った上で一目惚れをしたと言い切る。

「詩音」

芳賀が真剣な口調で言った。

「残酷なことかもしれないのは自覚してる。でも……俺は詩音がずーっと好きで、今も好きで、これからも好きだ」

「芳賀……」

「このまま、レイプされたことを背負って、一人で生きていくのは……つらすぎる。詩音はもう十分に苦しんだ。これ以上、苦しんでほしくない」

少し身体を離して、芳賀は小泉の瞳をじっと覗《のぞ》き込《こ》む。

「俺に……上書きさせてくれないか？」

「上書き……？」

「詩音の心についている傷を……俺に埋めさせてほしい。詩音に、人の肌の温かさや熱さを知ってほしい。愛し合うことが……どんなに幸せか……心が満たされるか……。俺は詩音と……知りたい」

彼は真摯《しんし》に伝えてくれる。

愛していると。ずっと愛していたと。そして、これからも愛していると。

彼の前で、すべてをさらけ出した。自分はレイプの被害者だと告げ、叫び、泣きわめき、自傷行為まで見られて、もう隠すことは何もなくて、それでも、彼は愛していると言ってくれる。そして、愛し合いたいと言ってくれる。

こんなにもすべてを愛してくれる人が今までいただろうか。そして、これからも現れるだろうか。

「……君は……僕のどこがそんなに好きなんだ?」

すっと手を上げ、彼のふわふわと柔らかなくせ毛に指を埋める。

「僕には……そんなに愛されるだけの価値は……」

「あるだろう?」

芳賀はそっと顔を寄せて、軽く頬にキスをしてくれる。

「天使みたいにきれいで、可愛くて、手術室では、天使から大天使にグレードアップして、最高にかっこいい。それに……どんどん、もっともっと可愛くなってる。好きにならない理由がない」

「……恥ずかしいやつだな」

小泉はすっと視線をそらした。

「……ちゃんとできないかもしれない」

ぽつんと小泉は言う。身体を前に倒して、芳賀の肩に頬を埋めた。

「僕は……人に触られるのが……苦手だから」

「うーん……」

芳賀は少し考えてから、すいと立ち上がった。小泉に手を差し出す。何? と首を傾《かし》げながら、小泉も立ち上がった。少しふらついたところを軽く支えると、芳賀は小泉の背中と膝《ひざ》の後ろに腕を回して、軽々と抱き上げた。

「わ……っ」

「やっぱり、軽いよなぁ」

お姫様抱っこで、芳賀はリビングの隣にあるベッドルームに入った。小泉をそっとベッドに下ろして、ドアを閉める。

芳賀は素肌の上に着ていたセーターをひょいと軽い仕草で脱いだ。ロッカールームや更衣室で見慣れているはずなのに、なぜかベッドから見上げると、彼の素肌が妙にまぶしくて、恥ずかしい。ベッドに横たわったまま、なんとなく視線をそらす。と、ベッドの端がすっと沈んで、彼のあたたかな手が頬に触れてきた。手入れの行き届いた滑らかな手が頬を撫《な》でる。眠気を誘うくらい優しい仕草だ。

「俺にこうされても……嫌じゃない？」

甘く響く声で、穏やかに尋ねられた。小泉は頷く。彼の手に触れられることは、少しも嫌ではなかった。すんなりと長い指が頬から喉元《のどもと》へと滑り、シャツのボタンを外していく。すべてボタンを外され、シャツの前を開かれた。すぐに脱がせることはせずに、彼はそのままベッドに入ると、抱きしめてくれた。彼の素肌が、小泉の胸の部分にだけ触れてくる。小泉が体温に慣れるまで待ってくれてから、できるだけそっとシャツを脱がせてくれた。

彼の仕草はもどかしいくらいに優しく、ゆっくりだ。

「怖かったら……すぐにやめるから」

やっと素肌で抱き合って、彼がささやく。

「詩音に怖い思いや痛い思いはさせたくない。あったかくて……気持ちいいって、それだけ覚えててほしい」

彼の身体はとても美しかった。きれいにバランスよく筋肉がつき、すらりと手足が長い。細くて、華奢《きゃしゃ》なばかりの自分の身体が恥ずかしいくらいだ。

「詩音の肌、すごくきれいだな」

彼の指がすうっと小泉の肌の上を滑った。首筋から胸、軽く乳首を撫でてから、平らな腹へと下りていく。軽くベッドに肘《ひじ》をつき、時々、額や頬に軽くキスをしながら、彼は小泉の身体に優しく触れていく。

「すべすべしていて柔らかい」

「……っ」

微かに声が洩《も》れてしまいそうになった。彼の指先がまだ柔らかい乳首に触れて、すうっと先の方を撫でた時、ひくりと喉が鳴った。

「……声出そうになったら、出していいんだよ」

背中からほっそりとした腰へと手のひらで撫で下ろし、小さくきゅっと締まったお尻《しり》を手のひらで包むようにしてくる。まるで、小泉の肌に自分の体温を覚えさせるように、身体の隅々まで、優しくゆっくりと触れてくれる。

「………」

小泉は無言のまま、両手で彼の背中を抱きしめた。

「詩音……」

「この方が……あたたかい」

胸を合わせ、つま先まで絡めて、体温を伝え合う。胸の鼓動を感じる。お互いの命の証《あかし》を感じながら、少しずつ高まっていく身体。小泉は微かな声を洩らして、彼の胸に顔を埋め、背中を強く抱きしめた。

「……大丈夫？」

彼の穏やかな問いに、小泉は頷いた。

「じゃあ……キスしてもいい？」

「さっきから……してる」

彼が困ったように笑う。

「……もう少しラブラブなやつ」

そして、ごく軽く唇にキスをした。小さく音を立てて唇を離し、透き通った瞳が微笑む。

「こういうの」

そういえば。小泉は笑ってしまう。

キスなんて、したことなかった。今のがファーストキスか。セックスはしたことがあるのに、キスはしたことがない。彼は一つ一つ丁寧にステップを踏もうとしている。一度急いでしまったから、今度は失敗しないように。丁寧に。

「……大丈夫だ」

彼の柔らかい髪を引き寄せる。

「嫌だったら、蹴《け》っ飛《と》ばしてやる。好きに……していい」

彼の微笑みの形の唇が重なってきた。うっすらと開いた小泉の唇を軽く舌先で舐《な》めて、そして、深く重ねてきた。吐息を奪うような深いキス。目を閉じて、唇の間から忍び込んできた甘い舌先に、ぎこちなく舌を絡めた。微かな声を洩らしながら、幾度も幾度も角度や深さを変えながら、キスを交わす。

触れ合う肌が熱くなっている。微かにシャワーを浴びた時の石けんの香りがする。体温が上がっているのだろう。

「キスって……こんなに気持ちよかったかな……」

彼がびっくりしたように、小泉を見ていた。親指の腹で軽く小泉の唇を撫でる。

「詩音の唇……すごく柔らかくて、甘くて、美味しい」

「……やっぱり、バカだ」

恥ずかしくなって、小泉はふいと顔をそらした。と、自分の太股《ふともも》に熱いものが触れていることに気づいた。すべすべと滑らかな太股の内側に、彼の熱く高まったものが触れている。小泉は手を伸ばすと、そっと自分の柔らかい草叢《くさむら》に指を潜り込ませた。そこもすでに熱い滴を溜《た》め始《はじ》めていた。ちゃんとこの身体は反応している。彼に抱かれて、この身体はそれを快感として、感じている。

あれほど、厭《いと》わしく感じていた愛撫《あいぶ》に反応する身体が、今はとても愛《いと》しいものに感じられる。

〝僕は……ちゃんと人を愛することができる……〟

ふつふつと身体の奥から、悦《よろこ》びが湧《わ》き上《あ》がってくるのを感じる。

「あ……っ」

彼のしっかりとした胸板に、ツンと硬く実った乳首が擦られて、思わず声を上げてしまう。すぐにわかってしまったらしく、彼が再びキスをしながら、ぷっくりと膨らんだ乳首を軽く摘まんで、はっきりと硬く芯《しん》の通った先の方を爪《つめ》で弾《はじ》いた。

「あ……ああ……ん……っ」

腰が浮いてしまうほどの快感が駆け抜ける。

「……いい声」

彼の声がどきりとするくらい甘い。そのささやきだけで、腰から下が溶けてしまいそうだ。彼の手が滑らかな小泉の太股の内側へと滑り込んだ。膝のあたりから撫で上げて、きわどいところに指先を進めた。とろりと熱い滴がこぼれ、その指先を濡らす。すでに柔らかい草叢はしっとりと濡れて、中に包まれている大切なものの形を露《あらわ》にしていた。

「……あん……っ！」

柔らかく擦り上げられて、甘ったるい声を上げてしまう。仰《の》け反《ぞ》る白い喉に彼の熱い唇が触れる。恥ずかしい形になったものを愛撫されながら、両足を広げられた。

不思議と怖いとは思わなかった。あの時も……まったく同じことをされているのに、こんなに優しく大切にされていると思えるだけで、行為の受け止め方はがらりと変わる。

彼を受け入れるために、自分から身体を開く。彼にされるままにお尻を持ち上げ、両足を大きく開いた。

「来て……いいから……」

彼の身体が重なってくる。彼の手のひらであたためられたゼリーがまだきつく閉じたままの花びらに塗り込まれ、柔らかくされていく。

「来て……いい……」

微かな喘《あえ》ぎが洩れる。素肌が熱い。全身で彼を感じる。彼の素肌の熱さが愛しい。耳元に届く甘い吐息が愛しい。

「詩音……」

唇に触れる声。幾度目になるかも忘れた深いキスを交わしながら、彼が花びらをくつろげていく。滑らかで長い指がゼリーでとろりと濡れた花びらを開いて、そして。

「ん……うう……ん……っ！」

唇を重ね、舌を絡めているので、声は出せないはずなのに、身体の中から押し出されるように、甘ったるい喘ぎが洩れてしまう。

「ん……ん……っ」

彼がもどかしいほどゆっくりと入れてくる。なだめるように優しく、詩音の頬や瞼《まぶた》にキスをしながら、ゆっくりと奥に入ってくる。

「詩音……詩音……」

「大……丈夫……いやじゃ……ない……あ……っ！」

痛みや違和感よりも、彼と一つになっている……彼をこの身体の中に受け入れることができる……その悦びの方が大きい。

「詩音……ごめん……っ」

「あん……あ……ん……っ！　ああ……ん……っ！」

お尻を持ち上げられ、大きな手のひらで揉《も》みしだかれながら、彼に揺さぶられる。ぐうっと深く貫かれて、身体の奥にある、震えが来るようなところを突き上げられて、高い声を惜しげもなく上げてしまう。

「ああ……気持ち……いい……」

声が震える。身体が震える。全身を走る痙攣《けいれん》のような震えが止まらない。頭の中が真っ白に飛び、ただ愛しい身体に爪を立てて、しがみつく。

「離さ……ないで……っ」

「ああ……離さない……」

彼の声が甘く潤んでいる。美しい宝石の瞳がうっとりと小泉を見つめ、そして、快感に塗り込められた甘い吐息を漏らして、くっと喉を反らせた。

「詩音……っ」

強く引きつけられて、びくんっと腰が浮いた。身体の奥に熱いものが迸《ほとばし》る。

「ああ……っ！」

感極まった叫びを上げてしまう。

「ああ……ん……っ！」

恐怖でもパニックでもなく、底なしの快感に支配されて、小泉は意識を手放す。

「このままで……離さないで……」

彼の耳元に口づけて、これまでで一番可愛らしい声でささやいた後に。

ACT 9.

意外なくらい、朝の目覚めはよかった。

さすがに起き抜けの身体《からだ》はだるく、少しだけ痛みもあったけれど、芳賀《はが》が用意してくれたお風呂《ふろ》にゆっくりと浸《つ》かると、身体はしゃんとした。

「無理すんなよ」

ソファに座り、バスタオルで髪を拭《ふ》いている小泉《こいずみ》のつむじにキスをして、芳賀は言った。

「手術患《オペかん》は俺が見てくるから。今日はゆっくりしてろ」

「うん……」

小泉は素直に頷《うなず》いた。

何だか、昨日はジェットコースターのような一日だった。

佐々木《ささき》教授一行の手術見学から始まり、モニター室での熾烈《しれつ》なやりとり。その後ぶっ倒れて、点滴を受け、やっと食事にありついて、人心地がついたと思ったら、パニック発作を起こして、泣きわめく羽目に陥った。

「あー、やっぱりこぶになってるな」

小泉のさらさらの髪を分けて、芳賀が言った。

昨日、小泉はパニック発作を起こした時、自傷行為の症状が出て、床やテーブルに頭をがんがん打ち付けた。その後は、まぁ、そういうことになってしまったので、頭のこぶなんか気にしなかったのだが、朝になったら、やっぱり痛かった。

「CTとか撮った方がいいんじゃないのか？」

「何て言って？」

小泉は逆に問い返した。

「パニック起こして、頭を自分で打ち付けましたって？　心療内科送りだよ」

「ああ、まぁ……そうか」

小泉の抱えていた大きな秘密……彼の人生を大きくゆがめてしまった恐怖の記憶は、すでに過去のものになった。

もちろん、レイプの事実は消えないし、人を傷つけてしまったことは確かだ。しかし、自分が殺人者ではなかった……人を殺してはいなかったとわかっただけで、十分だった。

そして、そんなさまざまなものを抱えている自分を深く愛してくれる人がいた。愛し続けてくれた人がいた。それだけで、生きてきてよかったと思ったし、生きていけると思った。

「朝メシは兄貴に頼んでおくから。ここに運んでもらった方がいいか？」

芳賀はそう言ってくれたが、小泉は首を横に振った。

「大丈夫。食べに行く。何時に行けばいいかな」

「何時でもいいよ。兄貴は朝から仕込みで店にいるから」

「わかった」

頷いた小泉の前に、芳賀は膝《ひざ》をついて座り込んだ。まじまじと小泉を見つめる。

「な、何？」

芳賀は手を伸ばして、小泉の頬《ほお》に触れた。すべすべの頬を撫《な》でて、そっと顔を近づけてくる。軽くキスを交わして、にっと笑った。

「うん、今日も可愛《かわい》い」

『可愛い』。そう言われても、少しも怖くない。

「何、言ってるんだ」

小泉は耳たぶまで赤くなって、芳賀を軽く睨《にら》んだ。

「さっさと仕事に行けっ」

「はいはい」

ぽんと小泉の頭に手を置いてから、芳賀は立ち上がり、部屋を出ていった。

「……バカ」

その広い背中を見送って、小泉は小さくつぶやいた。


開店前の『マラゲーニャ』は静かだった。カタンとドアを開けて入ると、カウンターの中にいた水本《みずもと》が顔を上げた。

「おはよう」

「おはようございます」

相変わらず、朝に聞いてはいけないタイプの甘い声だ。昨夜、初めて芳賀とセックスした時、耳元でささやかれたあの甘い声を思い出して、何だか身体が疼《うず》きそうだ。小泉はこほんと一つ咳払《せきばら》いをして、カウンターに座った。

「朝ごはんは何がいい？　昨日揚げたエビパンがあるんだけど、あたためようか」

「ここのエビパン、美味《お い》しいですよね」

「気に入ってくれたんだ。嬉《うれ》しいね」

一度キッチンに引っ込むと、水本はじきにトレイを持って戻ってきた。

「はい、どうぞ」

トレイの上には、ほかほかのエビパンとポテトサラダ、キャロットラペ、コーンポタージュ。それにフレッシュオレンジジュースだ。

「あとで、コーヒーいれるね」

「ありがとうございます」

昨夜はよく眠ったので、食欲もある。たっぷりとした朝食だったが、小泉は次々に平らげていった。

美味しそうに食べている小泉を見ながら、水本はゆっくりと仕込みを続けていた。

「あの……」

「何？」

水本はスリークォーターだと聞いた。確かに見た目はまるでアメリカ人だ。

「水本さんは……どうして日本に来たんですか？」

「おや」

水本がくすっと笑った。

「僕でいいの？　行成《ゆきなり》のことを聞かなくていいの？」

「え」

水本の瞳《ひとみ》は、芳賀のようなグレイッシュパープルではなく、明るい栗色《くりいろ》だ。やはり宝石めいた透き通る色である。

「行成は、小泉先生のことがものすごく好きみたいだけど」

「あ、いや……」

水本はゆっくりと話し始めた。

「僕は、アメリカがあんまり好きじゃなくてね。芳賀の父がママの面倒を見るためにアメリカに来てくれたのと入れ替わりに、日本に来たんだ。これでも、MBAとか持ってたりしてね。しばらくはアメリカの企業の日本支社で働いたりしてたけど、あんまり性に合わなかったから、やめちゃって、ここを買ったわけ」

「買ったわけって……」

「僕のパパって、とんでもないDV野郎だったけど、いわゆる名家の出ってやつでね。離婚する時の慰謝料が結構いい額でさ。それを元手にちょいと増やして、ここを買って。最初はマンションの経営だけだったんだけど、それだけじゃつまんないから、趣味でやってた料理を生かした店がほしいなって思って、ここを開いたんだ」

ライトに言ってくれる。

どうも、この兄弟は一筋縄ではいかないようだ。

「二年前にあいつが日本に戻ってきてね。何か、心配だってママに言われて、ここに引き取った。部屋が空くまで、少し待ってもらったけど」

「心配？」

ごはん食べ終わったねと言って、水本がコーヒーを持ってきてくれた。おまけは、オレンジのカッサータが一口分だ。

「芳賀先生は明るいし、腕もいいし……心配するところなんてないでしょう？　僕みたいに人付き合いが下手なわけでもないし」

「あいつね」

水本が内緒話のように声を潜めた。

「あんな見かけで、チャラく見えると思うけど……本当に笑ったことなんてないと思うよ」

「本当に笑ったことがない……？」

「笑って見せてるし、チャラくも見せてるけど、目の奥が笑ってない。いつも、笑った風に見せながら、相手を観察している。僕もあいつが日本に戻ってきて、ここで暮らし始めた時、あの顔を見て思った。ああ、こいつ、少しも変わってないって」

小泉はコーヒーを飲んだ。ここのコーヒーは酸味がまろやかで、小泉の口に合う。

「でも、小泉先生に出会って、あなたの話をするようになってから、あいつの顔が変わった気がした。おやと思っていたら、あなたを連れてきて、あなたの前では、あいつは本当に嬉しそうに笑っていた。あなたを見つめる時だけ、本当に嬉しそうだった」

「………」

もしかしたら、彼も何かを抱えているのだろうか。小泉が恐ろしい記憶に苦しんでいたように、彼もまた、何かを抱えているのだろうか。

「迷惑かもしれないけど」

お代わりのコーヒーを注いでくれながら、水本が言った。

「小泉先生、あなたはきっと、あいつが生きる希望のようなものなんだと思うよ」

「そんな……」

小泉はゆっくりと首を横に振った。

「それは……逆です」

微笑《ほほえ》む。まだ少しぎこちなくはあったけれど、笑えるようになった。水本がびっくりしたような顔をしている。

「小泉先生……」

「先生はいらないです」

小泉はまた少し笑った。

「僕は彼の生きる希望なんかじゃないです。彼が僕の生きる希望なんです」

その、内から輝きだすようなきらめく笑顔と黒目がちの大きな瞳をまぶしそうに見つめて、水本は言った。

「あなたとあいつは……出会うべくして出会ったのかもしれないね」

コーヒーの香りの中で、小泉は顔を上げて、居心地のいい店を見回した。

「そうだと……いいですね」


「ただいま」

　ドアを開けると、まだ靴があった。

「詩音《しおん》？」

　声をかけても、応えはない。

「詩音？」

　まさか、その辺で気を失っているんじゃないだろうなと、芳賀は少し慌てた。何せ、昨日は頭を打っている。

「おい、詩音」

　リビングとキッチン、バスルームにその姿はなかった。じゃあ、ここかと覗《のぞ》くと、ベッドに寄りかかるようにして、小泉がいた。

「具合でも悪いのか？」

　心配して駆け寄ると、小泉はふわっと目を開けた。

「おかえり」

　両手を伸ばしてきたので、そのまま、芳賀は小泉を抱きしめた。そっと抱き上げて、ベッドに座らせる。

「大丈夫か？　具合悪いのか？」

尋ねる芳賀に、小泉はふるふると首を横に振った。

「まだ眠かったから、少し寝てただけだ。具合なんか悪くないよ」

むしろ、気分はいい。

「ごめん。さっさと帰ればよかったんだけど、ここ、何か居心地よくて」

ここだけではない。『マラゲーニャ』も居心地がいい。

芳賀の匂《にお》いのする場所は、どこも居心地がいい。小泉をそのままに受け止めてくれる気がして。

「びっくりさせんなよ……」

小泉の華奢《きゃしゃ》な身体を抱きしめて、こめかみにキスをする。

「せっかく……こうやって抱きしめられるようになったのにさ」

「えと……芳賀……」

「あのさぁ」

芳賀がため息をついた。

「名字呼びやめようよ。俺は行成。あんたは詩音だ」

「…………」

小泉は黙り込む。

もともと人見知りの方だった。一人息子として大切に育てられた小泉は、なかなか友達を作ることができなかった。その上、あの事件で、多感な時期に最悪の形で心と身体を傷つけられ、いっそう人の間に入っていくことができなくなった。だから、名前で呼び合うような友達はいない。長いつき合いの志築《しづき》でさえ、名前で呼び合ったことはない。

「……ごめん」

小泉はことんと頭を落とした。

「少し……時間がかかるかもしれない」

「詩音……」

「君にそう呼ばれるのは、構わない。そう呼ばれるのは……好きだ」

小泉は不器用に言葉を紡ぐ。

「でも……僕がそう呼ぶのは……待っててほしい。僕は……」

「……わかってる」

芳賀は愛《いと》しい身体を抱きしめて、頬に優しくキスをする。

「わかってる、詩音。急がなくていい。いつまででも待ってる」

十七年待ったんだ。今さらだ。

ゆっくりと小泉をベッドに寝かしつけ、シャツのボタンを二つ外す。

「でも、キスは待ちたくない」

小泉がくすりと笑う。両手を伸ばして、芳賀の背中を抱きしめる。

「うん。待たなくていいよ」

唇を甘く重ねる。舌を絡ませ、お互いの吐息を盗み、そして、飽きることもなく、抱きしめ合い、唇で愛し合う。

「一つ聞きたいんだけど」

シャツのボタンをすべて外され、白い胸をはだけられながら、小泉は無邪気とも言える調子で尋ねた。

「本当に……僕でいいのか?」

「詩音以外の誰がいるって?」

芳賀は当たり前といった顔で、手に入れたばかりの恋人を見つめる。

「天使の容姿」

長い指で滑らかな頬をたどる。

「神の指」

しなやかな手の甲にキスをする。

「そして、とろけるみたいな柔らかい……身体」

シャツの下にするりと手を滑り込ませ、ぷくりと膨らんだ可愛い乳首を摘まむ。

「俺は詩音の何もかもが好きだから、心配しなくていい。詩音がこれからどんな方向に進んで、どんな風に変わっていっても……ちゃんと愛してるから」

「僕は……」

敏感になった乳首を弄《いじ》られ、瞼《まぶた》にキスをされながら、小泉は吐息混じりにつぶやいた。

「まだ……君のことがよくわからない……」

本当には笑っていないという芳賀。人当たりよく見せていても、常に人を観察しているという彼。

「今はまだ、わからなくていいよ」

瞼にキスをされているので、小泉に芳賀の寂しげな、男っぽい表情は見えない。

「だんだんにわかってくれればいい。俺は詩音に一目惚《ひとめぼ》れしたけど、詩音は俺に一目惚れはしてくれなかっただろう?」

目を開けようとした小泉の瞼をそっと手で覆って、芳賀は笑った。

「で? とりあえず、今日も泊まってく?」

自分もセーターを脱いで、芳賀はいまいち決まらないウインクをする。

「新しいパンツ、買ってきたけど」

「やっぱり……」

小泉は耳まで真っ赤になった。

「芳賀じゃなくて……バカだっ！」

そして、頰をピンクに染めたまま、小さく頷いたのだった。

あとがき

こんにちは、春原《すのはら》いずみです。

さて、久々の新作『メスを握る大天使《ミカエル》』いかがでしたでしょうか。

四年近く、かなりの密度で「恋する救命救急医」というシリーズを書いてきたので、何だかいろいろと調子が狂っていてと言うか、手や頭がそっちモードになっていて、この新作には正直、大変苦労いたしました。前シリーズと同じく病院を舞台にした話なのですが、それだけにイメージの重複は避けたいと思うあまり、なかなか筆が進まず、出来上がったら出来上がったで、著者校正でまた大直しを入れる始末。久しぶりに「産みの苦しみ」を味わいました。

今回の主人公である小泉《こいずみ》詩音《しおん》と芳賀《はが》行成《ゆきなり》は、共に心臓外科の医師です。心臓外科……実は、心カテ（心臓カテーテル検査）には、若い頃にちょこっと関わったことがありますが、手術自体はまったく見たことがないため、ストーリーの肝でもある手術シーンは、本当に「想像の産物」でございます。消化器外科とか整形外科の手術はメスが入る瞬間から見ているんですけど（何なら、整形外科の手術は鉤《こう》を引いたこともある……つまり助手をしたこともあったりする。年末の休日緊急手術で鉤を引く人がいなくて、診療放射線技師として手術室に入っていた私が巻き込まれた・苦笑）、心臓外科はまったく見たことがなかったので、資料だけが頼りでした。少しでもリアルを感じていただけたら……医者ものの書きとしては本望でございます。

わりとライトな感じもあった前シリーズに比べて、今作は、主役の小泉のキャラクターもあって、シリアス度が高いです。読み進む内に、少し苦しいところもあるかもしれませんが、そこをくぐり抜けて結びつく絆のようなものを感じていただけたら、嬉しいかな。

「いや、シリアスは苦手だから……」という、ライトなラブをご所望のお嬢様方は、電子書籍などいかがでしょう。今作で脇キャラとして、何か訳ありっぽく登場している二人にお気づきでしょうか？　あの二人がひたすらいちゃこらしている（笑）スピンオフが電書オリジナルの『白衣を脱いだその夜に』という中編です。実はスピンオフが先にドロップしていたというめずらしい（笑）例です。

そんな今作では、藤河《ふじかわ》るり先生に大変に美しく、滴るような色香のあるイラストをいただきました。実は私、イベントでサインを頂きに行くくらいの藤河先生のファンでして、それを公言もしていたんですが、まさか担当さんが突撃かますとは……。イラストのＯＫをいただいた時には、一生分の運を使い果たしたと思いました。大変にお忙しい中、本当に本当にありがとうございました！　実はこのあとがきを書いている今も「ほ、本当か?」と思っていたりします（笑）。私と担当さんは、私がフルタイムの医療従事者として働いているため、LINEで連絡を取ることが多いのですが、そのLINEには、藤河先生のオリジナルキャラである「シカ」のスタンプが乱舞しています（笑）。「シカ」スタンプ、すごく可愛くて、使い勝手良いので、皆さまもぜひ！

藤河先生に突撃してくれた担当Hさん、ありがとう！　タフなあなたに、いつもケツひっぱたかれて働いてます（笑）。あなたの元気は私の元気です！　そして、講談社のI編集長さま、いつもありがとうございます。何とか新作を出すことができました！

文中でも少し触れましたが、この「大天使」には、スピンオフがあります。そちらも読んでいただけると、一層楽しんでいただけるのではないかと思っておりますので、機会がありましたら、ぜひ。

BL読者として、藤河先生のBLコミックや「シカ」が大活躍するエッセイコミックも大好きなんですが、医療従事者として、藤河先生の闘病記である『元気になるシカ！』を心からオススメいたします！　可愛い「シカ」のキャラクターで語られる闘病記には、泣いたり笑ったり、頷いたり……。こんなに「生きていく」ためにお役立ちな闘病記はありません！　電子書籍版もありますので、今すぐ！

そして、何と……来月には、次巻が出ます！　二ヵ月連続刊行は、二十五年以上作家やってますが、初めてです。どうぞ、二人の新しい展開にご期待下さい！　ラブなシーンももちろんたっぷりございます（笑）。楽しみになさってくださいね。

今作は私が「例のアレ」と呼んでいるコロナ禍まっただ中での執筆でした。医療職という仕事柄、当然、無縁ではいられず、最前線ではもちろんありませんでしたが、いつもと違う仕事もせざるを得なくなり、六キロ近く痩せるという日々でありました。

皆さまもいつもと違う日々を送らざるを得なくなり、さまざまなご不安があるかと存じます。そのストレスを少しでもやわらげ、別の世界に飛ぶお手伝いができたら、嬉しく思います。ぜひまた、元気でお目にかかりましょうね。

SEE YOU NEXT TIME!

お取り寄せの山に囲まれつつ　　春原　いずみ

『メスを握る大天使《ミカエル》』、いかがでしたか？
春原《すのはら》いずみ先生、イラストの藤河《ふじかわ》るり先生への、みなさまのお便りをお待ちしております。

春原いずみ先生のファンレターのあて先
〒112-8001　東京都文京区音羽2-12-21　講談社　文芸第三出版部「春原いずみ先生」係
藤河るり先生のファンレターのあて先
〒112-8001　東京都文京区音羽2-12-21　講談社　文芸第三出版部「藤河るり先生」係

N.D.C.913　222p　15cm

春原いずみ（すのはら・いずみ）

講談社X文庫

新潟県出身・在住。6月7日生まれ双子座。
世にも珍しいザッパなA型。
作家は夜稼業。昼稼業は某開業医での医療職。
趣味は舞台鑑賞と手芸。
Twitter：isunohara
ウェブサイト：http://sunohara.aikotoba.jp/

white heart

メスを握《にぎ》る大天使《ミカエル》

春原《すのはら》いずみ

●

2020年9月3日　第1刷発行

定価はカバーに表示してあります。

発行者――渡瀬昌彦
発行所――株式会社　講談社
東京都文京区音羽2-12-21 〒112-8001
電話　編集　03-5395-3507
　　　販売　03-5395-5817
　　　業務　03-5395-3615
本文印刷一豊国印刷株式会社
製本――株式会社国宝社
カバー印刷一半七写真印刷工業株式会社
本文データ制作一講談社デジタル製作
デザイン一山口　馨

ISBN978-4-06-520607-2

ホワイトハート最新刊

メスを握る大天使《ミカエル》

春原いずみ　絵／藤河るり

ドクター×ドクターの運命的な恋！　天使のごとき外見と天才的な腕をもつ外科医・小泉詩音には、重すぎる過去の秘密があった。だが、同じ外科医の芳賀行成に、そのトラウマを暴かれそうになり……。

ブライト・プリズン

学園の薔薇は天下に咲く

犬飼のの　絵／彩

常盤のために、龍神の恋人になった薔は!?最高の憑坐として龍神に選ばれた常盤を取り戻すため、薔は龍神を籠絡しようと試みる。そんな中、必死に自分を助けてくれる剣蘭の想いに気づいて……。

ホワイトハート来月の予定（10月3日頃発売）

凍った恋の溶かしかた……………………藍生 有

愚者たちの輪舞曲《ロンド》 欧州妖異譚24……………篠原美季

白衣をまとう守護者《ガーディアン》……………………春原いずみ

※予定の作家、書名は変更になる場合があります。